김수자 제2시집

구다라의 향기

한누리미디어

국립중앙도서관 출판시도서목록(CIP)

구다라의 향기 : 김수자 제2시집 /지은이 : 김수자. -- 서울 : 한누리미디어, 2015
p. ; cm

ISBN 978-89-7969-696-7 03810 : ₩12000

한국 현대시 [韓國現代詩]

811.7-KDC6
895.715-DDC23 CIP2015028865

추천하는 글

현해탄을 굽어보는 역사의 앤솔러지

김 태 호
시인

우리가 IMF를 극복하고 월드컵을 경험하며 새로운 힘을 얻어 나아가던 때, 즉 새로운 21세기에 접어들면서 우리 문단에서도 일본의 고대사에 관하여 크게 주목하게 되었다. 그것은 「조선일보」를 비롯한 언론사와 당시 한국외국어대학교에서 '일본문화사' 를 강의하시던 원로시인 홍윤기 박사(국제뇌교육종합대학원대학교 국학과 석좌교수)가 이끄는 '일본 속 백제 문화 뿌리 찾기 문학기행' 이 해마다 빈번하게 이루어졌기 때문이었다.

특히 한국문인협회 소속의 많은 시인들이 이 행사에 참여하여 일본의 오사카(大阪)를 비롯한 교토(京都), 나라(奈良) 지역 등을 순례하며 고대 한국의 백제와 신라, 고구려가 일본에 끼친 문화의 향기를 시로 읊고 한일관계를 재조명하는 일이 활발히 이루어졌었다.

이 당시 김수자 시인은 김후란 시인을 비롯한 이 탄, 김년균, 추영수, 이유식, 이길원, 문효치, 정호승, 최홍준, 조인자, 김지연, 차윤옥, 김소엽, 김영미, 김재화, 심의표 시인 등등 한국문단의 대표적인 저명 시인들과 함께 무려 다섯 차례나 일본을 왕래하며 '백제시 쓰기' 에 열중하였다.

이미 2009년에 일본 천황궁에서 지금도 해마다 11월 23일에 '신상제(新嘗祭)' 라는 '백제신' (韓神) 모시기 왕실제사를 올리는 《아지매 모서 춤추다》란 '축문' 을 바탕으로 하는 역사시집을 발표한 바 있는 김수자 시인이 이번에는 《구다라(百濟, 백제)의 향기》라는 두 번째 시집을 선보이고 있으니 참으로 큰일을 하였다고 하겠다. 그가 현해탄을 건너 일본 땅 현지에서 직접 보고 느끼고 깨달은 것을 일일이 문서로 확인하며 시로 엮고 작품을 만들어낸 것이니 그 노고 또한 이만저만한 것이 아닐 것이다. 이 시집은 우리 한민족의 일본 개척사를 장식하는 전문시인의 서사시적인 역편, 민족사 순례시집으로서 그 빛나는 자취를 한국시문학사에 기록하는 것이다.

이렇게 이루어진 그의 시는 일본 속의 한국, 나아가서는 오늘날 일본 속의 한류(韓流)를 살필 수 있는 기회가 되었다고 해도 좋을 것이다. 물론 짧은 시의 형식을 빌어 그 모든 것을 말할 수는 없겠지만 그는 발길이 닿는 곳마다 작은 부분도 놓칠세라 거듭 거듭 살피고, 묻고, 기록하며 한 편 한 편의 시를 다듬는 일에 열중하였다. 우리의 백제 선인들이 선진 문물을

한국문인들(비와코 오우미의 백제조신 귀실집사의 사당 '귀실신사' 에서, 2010. 7. 15)

가지고 일본으로 건너가 맨 처음 발을 디딘 오사카에서는 가는 곳마다 눈에 띄는 백제강(百濟江)이며 백제의 거리, 백제초등학교와 같은 지명과 간판에 마주치며 감탄해마지 않던 김수자 시인의 발품으로 마련한 이번 시집 '구다라의 향기' 를 읽는 독자에게는 아마도 지금까지 어렴풋이 짐작하던 일본에 관한 역사 인식을 새롭게 하는 계기가 되리라 믿으며 더불어 일본 사회 곳곳에 뿌리박고 있는 풍습과 문화, 많은 일본인들의 뇌리에 새겨진 '백제 문화에의 향수' 같은 것을 이해하는 데 도움이 되리라고 본다. '구다라의 향기' 는 일본 속 백제역사와 전문시인으로 저명한 김수자 시인의 한민족사 탐방 시집이기 때문이다.

끝으로 김수자 시인의 그간의 땀 배인 노력에 찬사를 보냄과 동시에 바람이 있다면 이 시를 읽는 독자 여러분께서 지금껏 우리가 생각하는 일본을 '가깝고도 먼 이웃' 이 아니라 '가깝고도 가까운 이웃' 으로 만들어야 한다는 생각으로 나아갔으면 하는 것이니 감히 독자의 일독을 권장하는 바이다.

일본문화의 뿌리를 찾아보니

천 개의 촛불을 켜
제를 올리나이다
역사를 좇아
임을 보나이다
한 걸음 한 걸음 백제의 발자취
마음 설레고
선조님들 지혜에
이 가슴 고동칩니다
역사의 정도(正道) 앞에
인적 끊어진 불모의 땅
가시덤불 헤쳐 가며
한 겹씩 베일 벗겨질 때
온몸 떨림으로 임을 맞았습니다

2007년 5월부터 홍윤기 교수님이 이끄시는 일본문화 역사 탐방길에 한국문인협회 회원들과 동행하며 고대 한국이 끼친 일본문화의 뿌리를 직접 확인하는 자리에 참여할 수 있는 행운을 계속하여 누렸습니다.

투어기간 내내 시인들이 지친 가운데에도 홍윤기 교수님은 마치 홍안의 소년처럼 지칠 줄 모르고 설명하시며 강의하였습니다. 당신의 온몸을 불살라 열강하시는 모습이 흡사 천지신명 앞에 제를 올리는 듯이 보여 감동적이었습니다.

그동안 부족한 저에게 많은 자료도 주시고, 특히 천안에 있는 국제뇌교육종합대학원대학교에서 2년여 동안 역사공부를 지도해 주신 교수님께 이 자리를 빌어 새삼 감사의 말씀을 올립니다.

또한 흔쾌히 시집에 '추천의 글'을 써 주신 김태호 선생님과 늦게나마 시 공부를 할 수 있게 자리를 마련해 주신 용인향교의 전교님과 사무국장님, 언제나 웃는 모습으로 저를 도와주던 도숙희 사무장님께도 깊은 감사를 드립니다.

끝으로 이 책의 장정을 예쁘게 꾸며주신 한누리미디어 김재엽 사장님과 평소 말없는 지원군으로 힘을 보태주고 있는 우리 가족들 모두에게 두루 고마움을 전합니다.

고맙습니다.

2015년 10월

효송 **김수자** 삼가

차례 Contents

제1부 여기는 백제

제2부 솟대신앙

제3부 조선의 향기

차례 Contents

제1부 여기는 백제

구다라(百濟, 백제) 버스 정류장(오사카 시내. 2015년 현재)

여기는 백제

항구도시 오사카 땅에 가면
오사카 철도 백제역
시내버스 정류장도 백제
백제대교 다리를 건너
백제사 터전 찾아보세
'백제신사' 는 고대 백제인 왕족
선관왕 신주를 모시는 큰 사당
천 년 전부터 백제 터전
"난파진에는 피는구나 이 꽃이
겨울잠 자고 지금은 봄이라고
피는구나 이 꽃이"
멀리 바다 건너 충남 공주 땅
구드레 마을 그리며
불러보는 와카의 소리가 들려온다
백제 뿌리의 진동이
파도 타고 들려온다
더 크게

◀ 백제사 터전

▼ 오사카 철도 백제역

일본에 가시거든

남백제초등학교에 가보세요 아이들의 웃음소리
재잘재잘 말하는 소리 백제 후손들 같아요
일본에 가시거든 백제대교에도 가보세요
백제대교라는 철판이 박혀 있고
아직도 강물은 흘러 출렁출렁
백제인들 노래 가락처럼 흘러요
백제역에서 기차를 타면
그 옛날 백제 여성 스이코여왕님이 사시던
왕궁에 닿을까요
백제버스 정류장에서 버스를 타고 가면
백제옷 입은 사신들이
줄지어 서서 반겨줄 것 같아요
편지를 적어 백제 우편국에서 우표를 붙이면
스이코여왕님이 받아 보시겠죠
일본 속에 생생히 살아 숨 쉬는 백제 옛 터전
오사카 한복판에 뚜렷합니다
일본에 가시거든 남백제초등학교에 가 보세요
백제대교 백제역에도
두루두루 발길 멈추고 지켜보세요
백제가 지금도 거기 있답니다

▲ 남백제초등학교

▲ 백제 왕인박사 석상

▲ 오사카 왕인사당 [다카이시 신사]

백제인 왕인

나니와쓰노우타, 난파진가는 일본 최초의 와카
우리나라 향찰 이두와 같은
한자어로 표기한 일본말 노래
왕족과 귀족 자제들은
이 와카를 붓글씨로 쓰면서
'아버지의 노래' 라고 찬양했다지
언덕 위에 왕궁 세운 닌토쿠왕은
나루터 방향을 멀리 굽어보며
구다라 백제 사람들 마을마다
굴뚝마다 연기나나 지켜보았다네
배고픈 이 없느냐고
백제인 스승 왕인박사 가르침
머릿속에 그리면서

왕인의 일본 최초 '와카'

"난파진에는 피는구나 이 꽃이
겨울 잠 자고 지금은 봄이라고 피는구나 이 꽃이"
오사카를 중심으로 '한류' 바람 일으킨 주인공 왕인박사
백제인 오진천황 때 다섯 왕자의 스승이신 교육장관님
오진천황 사후 삼년이 지나도록 왕위계승 예정자였던
제4왕자 닌토쿠가 왕위에 오르지 않아 걱정하던 스승 왕인
마침내 그의 등극을 권유하여 빼어난 노래 지었으니
그것은 일본 최초의 와카 왜나라 천지에 울려 퍼졌구나
오, '나니와쓰노우타' (難波津歌, 난파진가)
이 노래는 왜나라 모든 왕과 귀족들
아버지의 노래(父歌)로 받들며
찬양하며 붓글씨를 썼으니 온 백성들 나니와쓰노우타 구송하여
오늘도 일본 왕실에서 '나니와쓰노우타' 노래하며
난파진가 노래하는 정초의 전통놀이 '가루타' 놀이
유명한 와카 50수를 한 수씩 읊을 때마다
그 말이 적힌 카드를 뒤집어 맞추면
이기는 이름난 오우미신궁 정초의 경기네
"여보 젊은이여 부인이 친정 나들이 길을 떠나려거든
오사카 '텐노지 사당' 솔밭에 가 솔잎을 따서 내 품에 안고
'난파진에는 피는구나 이 꽃이' 라고 노래하며 아내를 보내소"

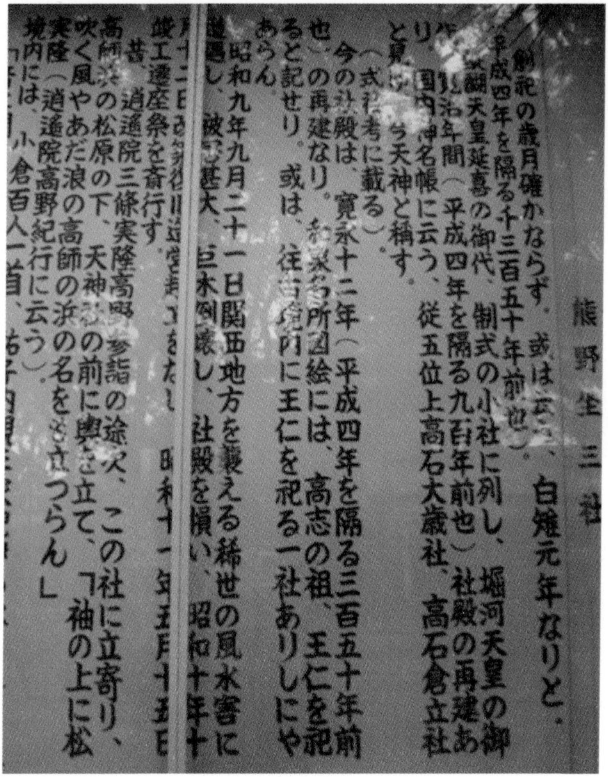

친정 간 마누라 소식 감감하거든

서둘러 솔잎 따서 다시 내 품에 안고

'지금은 봄이라고 피는구나 이 꽃이' 라고 노래하시구려"

우리 부부는 떨어져 있어도 마음은 하나라오

오늘의 오사카 최대 번화가 '난바'(難波) 땅 이름 왕인박사지

*홍윤기 교수, 〈왕인박사와 난파진가(難波津歌)〉, 중앙일보 연재, 『월간중앙』(2012년 4월호) 연구론 참조.

닌토쿠왕자

백제 아직기왕자 멀리 떠나셨구나
암수 두 마리 준마 이끌고
바다 건너 왜왕실 아스카 땅으로 건너가
아직기왕자 시작한 말 사육
조정에서 좌마료 우마료 마사부를 만들어
백제인 관리들이 관장했다네
아직기왕자는 백제의 뛰어난 학자
왕인박사를 오진왕께 천거하여
난바의 왜나라 왕실에 모셔다가
왕자들을 가르치게 했다네
백제의 젊은 학자 뛰어난 학문
왕인박사 밑에서 글 배운 닌토쿠왕자는
아버지 오진왕을 계승한
난바궁(오사카)에서
닌토쿠왕으로 등극했다네
자랑스러운 백제인 일본 군주 되셨구나

소행성에 이름 붙은 관륵스님

절로 머리 숙여지는구나
학승 관륵스님 발자취
백제 큰 나라에서 건너가신 이여

스님은 처음으로 왜나라에
달력의 역사를 가르치시고
병법, 둔갑, 방술도 가르치셨어요

뿐이랴 천문학도 가르치시고
선진 구다라 학문 널리 펼치시니

성덕태자 감읍 또 감읍
후루카와 기이치로 도쿄 천문대 교수는

1993년 자신이 발견한 소행성에다
관륵스님의 이름(관로쿠)
새 이름을 붙여 국제천문연맹(IAU)에
등록하였지요

소행성에 이름 붙여진 백제 학자 관륵스님
영원히 꺼지지 않을 큰 별이라네

일본 오사카 심장부 난바와 도톤보리

도톤보리 번화가에 물밀듯이 오가는 인파들
그 중에 한국의 홍윤기 역사학자와
30여 명의 학술단은 우리의 백제 신라 고구려
발자취를 찾아갔다네
그 옛날 한인들이 이웃하여 살던 항구도시
백제 왕족 사카노 우에다무라마로 후손 도톤
도톤은 '도톤보리' 운하 개설을 담당했던
최고의 행정관 운하 건설을 직접 지휘했다네
1615년 완성 도톤보리 운하 서울 청계천 같네
이 곳 주오구 번화가에서 규다로 마치 위쪽으로
고라이바시가 잇닿으며 고라이바시 1가부터 4가까지
고라이바시는 백제 핏줄인 고구려 다리라는 지명
실제로 고라이바시라는 큰 다리도 1가에 있다네
고대 이 지역에는 고구려에서 건너간 주민들이
백제인들과 이웃하여 많이 살았기 때문이라네
일본어 학자 가나자와 쇼사브로 교수가 편술한
대형 일본어 사전에서 오사카의 예전 지명이며
즉 왕인이 지은 난파진가에서 처음으로
난바라는 지명이 나왔다고 고증하며
왕인의 난파진가를 모두 예시했다네

韓國文人協會
김수자

구다라 빛나는 솜씨

— 일본 오사카 구다라 베틀 유적지

지금도 백제 여인들
베 짜는 소리 들리는 듯
히라카타 나시쓰쿠리 유적
5세기 백제 베틀 부품이 발견된 곳

이 베는 곱게 짜서
구다라 대왕님께 바치오니
이 옷을 입으시고
부귀영화 누리소서

베를 짜세 베를 짜
덜거덕 덜거덕 베를 짜
이 베는 짜올 적에
사랑방 글 읽는
서방님께 드리오니

이 옷을 입으시고 백제의 귀한 문화
세계로 널리 멀리에 떨치소서

第3種郵便物認可

最古の「高機」部品が出土

大阪・枚方市 茄子作遺跡 5世紀伝来を実証

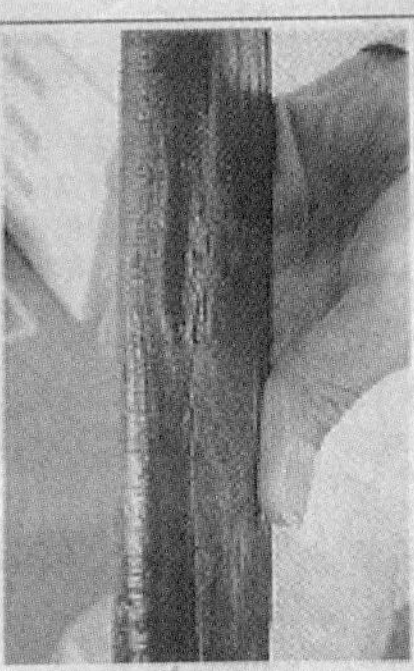

大阪府枚方市の茄子作遺跡から出土した最古とみられる手織り機「高機」の部品。部材左側についた多数の傷は糸で付いた溝

大阪府文化財センターが発掘調査している同府枚方市の茄子作遺跡（五世紀末）で、進歩した手織り機「高機（たかばた）」の部品が見つかり、二十五日までに機関誌で発表された。

古代の高機の部品出土は滋賀県の正源寺遺跡（六世紀後半）が唯一で、百年近くさかのぼり最古となる。高機の伝来は奈良時代以降とみられていたが、雄略天皇時代（五世紀後半）に朝鮮半島から渡来した工人集団「今来才伎（いまきのてひと）」が、最新技術として伝えた可能性が高まった。

見つかったのは長さ七十㌢、幅七㌢、厚さ二―三㌢の細長い板。一辺には、糸を張ったため付いた細い溝が約一㍉間隔で、幅五十㌢にわたってびっしり残っていた。両端は枠に組み込むために細くなっていた。

調査担当の黒須亜希子技師は、高機の先端でタテ糸を折り返した横軸と判定した。

より簡便な手織り機「地機」にはこのような形状の部品はないという。集落近くの川跡から出土し、一緒に出た土器や放射性炭素年代測定などから、五世紀末と分かった。高機は手織り機として最も進んだタイプで、腰掛けて作業。民話「鶴の恩返し」に登場する。雄略朝に伝わったのは地機で、高機はもっと後という説が大勢だった。枚方市一帯は飛鳥―奈良時代に百済王一族が居住。日本での七夕伝説の発祥地ともいわれ、渡来人との縁が深い。

陸自業務支援隊 イラクへ出発

イラク南部サマワでの陸上自衛隊の人道復興支援活動で、現地で連絡調整などに当たる復興業務支援隊第四次要員約百人が二十五日、羽田空港から民間チャーター機でクウェートに向け出発した。クウェートで適応訓練を受けた後にサマワ入りし、活動中の第三次要員と交代する。

二十三日にはサマワで、走行中の陸自車両が初めて被害を受ける爆発事件が発生した。

現地の隊員たちが宿営地外での活動を控える中での出発となったが、迷

▲ 5C 백제 베틀 발굴. 일본 교토 「京都新聞」 2005. 6. 26 기사.

백제옷 정히 입고

왜 왕실 고관인 만조 백관들 아스카 법홍사에서 목탑 세웠던
왜 왕실 고관인 만조 백관들 법요에 참례하였으니
부처님 진신사리 봉안하는
눈부신 구다라(백제) 첫 가람이구나

일본 역사책에도 만조 백관은
모두 백제옷을 입고 아스카절에서
목탑 세우던 법요에 참례했다고 적혀 있네

충남 부여 땅 유유히 흐르는 저 백마강
현해탄 험한 파도 헤치고 떠나간
백제인 그리워 물결짓네
고대 백제 역사 살아있는
법홍사 뜰에는
오늘도 백제옷 그림자 일렁이고
우중에 찾아온 후손들 반기는
선조님들의 발자취

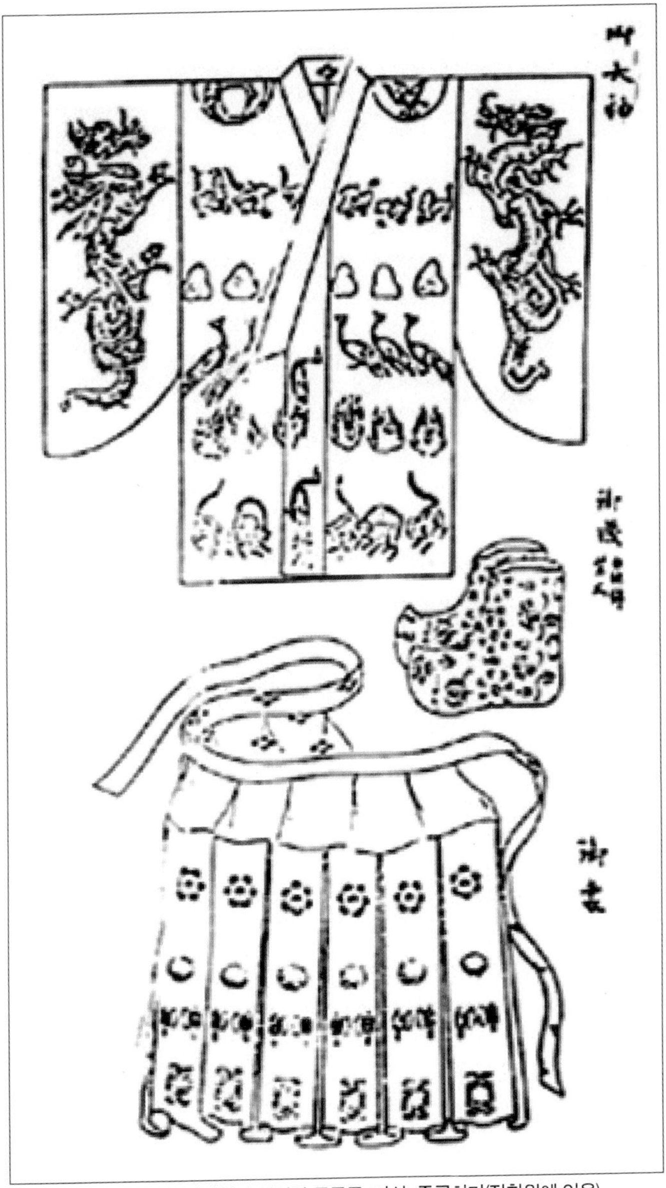

▲ 7C 일본왕실에서 백제왕족이 입었던 곤룡포, 버선, 주름치마(정창원에 있음)

사천왕사

— 무대강에서

우주만물을 깨우는 건 범종인가
목어는 물속에 사는 어류를 향해 불음 안겨준다네
북을 울려라
바라를 쳐라
불교의 수호신 사천왕 가람에서
창건자 구다라(백제) 사람 쇼토쿠 태자
위령하는 '성령회' 법요 올리자

소년 시절부터 독실한 불자
우리의 쇼토쿠 태자

사천왕사 무대강 위에서
탈춤 추는 미마지
고구려에서 배워
백제에서 꽃 피우고
일본에다 가르치니
저들을 음악 무용의 아버지로 찬양한다

쇼토쿠 성령회 올릴 적마다
무대강 위에서 덩더쿵 탈춤과 사자춤

백제의 문화 꽃 피우니
이곳은 백제인 옛 터전

▲ 그 옛날 '구다라군'(百済郡, 백제군)에 속했던 '시텐노지'(사천왕사) 정문

백제 준마를 타고

— 오사카의 곤지왕자 사당에서

큰 땅 박차고 뛰어오르는
'난파진' 엔 저 커다란 말 발굽소리
오진(應神)왕릉 터전으로 백제인 하쿠손이
그 옛날 준마 타고 세차게 달렸지

오진천황은 백제인 곤지왕자였으니
아직기왕자 백제 말 한 쌍 데리고 와
오진천황을 몹시 기쁘게 해드렸다오

그 옛날 난파진에 왕인박사도 건너와
좌마료 우마료 말 기르는 관청 세워
왕인 후손들 그 이름 떨쳤지요

지금도 말 달리는 소리 오사카 땅
곤지왕자 사당 '곤다하치만궁' 에는
백제인들의 드높은 기상 넘치고

▲ 백제 아직기왕자가 백제 명마 한쌍 거느리고 일본에 건너간 응신천황의 사당 '곤다 신궁'의 명마상(名馬像) 앞에서의 김수자 시인.

백제인 응견신

오사카 백제 땅 '응합신사' 사당 터
고대 응견신을 제사 지내던 곳
일제는 '스사노오노미코토' 로
엉뚱하게 부르고 있지만
'응합신사' 라는 뜻은 무엇이뇨
닌토쿠왕은 매사냥을 좋아하고
시도 능숙한 주군(酒君)을 총애하여
왕실에다 응감부(다카가이베) 설치하였지
옛날 지명은 남백제군 응합촌, 매의 터전

백제인 주군 서거하자 닌토쿠왕 크게 슬퍼하여
응감부 터전에 왕실 장례 극진히 지내고
'응견신' (鷹見神)이라는 훌륭한 시호까지 내렸다네
고대 응합신사라는 거룩한 사당터
일본인들은 그 역사 아는지 모르는지

일본의 스자크천황이 왕인 찬양

곤지왕자의 초청으로 천자문을 가지고
백제땅 떠났던 왕인박사
험한 파도 넘어 일본 땅 쓰시마
이 고장 사람들은 왕인박사의 신주를 모시고
제사 지내는 신사가 생겼다네
왕인사당은 쓰시마의 해신 신사
백제인 진출지였던 요시노 가리에도
그곳도 오늘까지 이어져 온 왕인신사
뒷날 제61대 스자크천황이
조신들에게 왕인의 훌륭한 업적 찬양하는
와카(시)를 읊어보라 명했다네
"해신의 바다 수많은 흰 파도를 넘고 넘어서
여덟 섬 나라에 글이 전해졌노라"
이 사실은 고대 문헌에 상세하게
밝혀져 있는 것을 30여 년 전
한국의 홍윤기 박사에 의해 발굴되었다네
일본 천황이 찬양하는
한국의 왕인박사
한민족의 영원한 자랑이라네

왕인박사의 찬연한 빛결

— 홍윤기 교수와 일본 학생과의 대화

백제인 왕인이 일본어의 '가나문자'를 만들었다
그게 정말이냐? 백제 사람이 우리 일본어 문자를 만들었다니
사실이다 일본의 문자인 '가다카나'와 '히라가나'를
일본 땅에서 처음으로 만들기 시작한 사람은
일본 사람이 아닌 백제인 왕인이었다
무엇으로 그걸 증명하느냐?
그 사실을 밝힌 것은 일본의 저명한 일본어 학자
오노스즈무 교수였다
그는 본래 일본 황실 소속으로 유명한 학습원대학 교수였지
백제로부터 일본 왕실에 와 보니 일본에는
일본말은 있으나 글자는 없었다.
그래서 왕자들을 가르치기 위해서
일본말 글자를 만들기 시작했다
무엇으로 일본 글자를 만들었는가?
왕인은 한자어 학자였다. 먼저 가다카나 글자는
한자어의 쪽을 떼어서 만들었고
히라가나는 무엇으로 만들었나
히라가나는 한자어의 초서체를 가지고 만들었다네
왕인은 몇 달 걸려서 가나문자를 만들었나
백제인들에 의해 약 5백년이 걸려서 완성되었지

왕인박사를 비롯하여 아직기왕자와 함께 백제인 왕족들이
일본의 가나문자를 완성한 것은 11세기 경이었으니
왕인의 관직명은 서문수(西文首) 난파왕궁(지금의 오사카)의
교육장관이었다네

*『日本語의 世界』(중앙공론사 간행, 1980년) 참조

▲ 왕인박사 업적 찬양하며 구다라 삼중탑 앞의 한국 저명 시인들(2009. 8. 5)

히라노 왕대신

백제 성왕의 일본 왕실 사당
히라노 왕대신이라는 편액을
정문 도리에 드높이 내걸고
히라노 신사에서 제를 올리나이다
경내로 이르는 연도의
줄지어 선
크고 작은 석등 1200여 개에
불 밝히고
나라의 안녕과 부귀영화를
기원하는
백제 26대 성왕은
일본 제 29대 긴메이천황을
겸임했구나

제2부 솟대신앙

▲ 한민족 소도제천의 큰 솟대를 세우고 천신제사([일본서기])를 올린 백제계 스이코여왕 (백제 성왕〈킨메이천황〉의 공주)

솟대신앙에서 생긴 신목제사

솟대를 드높이 세워라
고조선의 천신이 아스카 땅에 내리신다
스이코여왕은 왜한판상작에게 하령하신다
백제인 긴메이천황 왕릉 터에
거대한 솟대를 세워라

신성한 산에서 베어온 큰 나무와 작은 나무로
신사 신궁의 터전에다 솟대를 세워라
고을마다 솟대를 세우고 천신제를 올리자

둥둥둥 북을 울리고 바라를 치며 춤을 추어라
하늘의 천신께서 우리를 보살펴 주신다
스이코천황은 회외릉 왕릉 앞에 두 손을 모으신다

고구려의 동맹 천신제사
부여의 영고 천신제사의 뿌리는
고조선의 천신제사가 이어져
일본으로 건너갔다네
왜 땅으로 바다 건너갔다네

게이타이천황은

— 오사카 백제사 터전에서

백제사(百濟寺) 재봉사가 지은
첫 옷 입었다는 왕은 누구인가
게이타이천황은 옷깃 여미는
구다라 솜씨의 옷 처음 입으셨다지
백제사 옛 터전 소나무 울창하고
"백제는 훌륭한 백제의 발자취
이 고장 백제사 터전에 남겼습니다" 고
칭송하는 다카하시 마사루 위원장은
"이 사람도 옛날로 돌아가
옷깃 여미는 백제옷 입고 싶어요"
다카하시 마사루 위원장은
저 먼 하늘 바라보네
그곳은 서쪽 바다 건너 백제 하늘일 테지

*게이타이는 26대 천황으로서, 이 분은 다름 아닌 백제 25대 무령왕의 친 동생이다. 다카하시 마사루 위원장은 히라카타 시교육위원회 위원장으로서 그 고장 일대의 백제 유적지 발굴에 앞장선 분이다.

해와 달의 정령 연오랑 세오녀

영일만 바닷가에 신라 역사의 발자취
나그네 눈길 모으는 기념물 연오랑 세오녀상 우뚝
서기 157년 신라 아달라왕 4년 바닷가
어부 연오랑 해초를 따며 살았다네
어느 날 바위만한 물고기가 나타나
연오랑을 업고 일본 땅으로 건너가 버렸으니
연오랑을 목격한 일본 사람들 그를 두려워 해
고장의 왕으로 모셨다네

남편 찾아 바닷가 헤매던 아내 세오녀도
어느 날 큰 물고기 다가와 그녀를 등지고 갔거니
세오녀는 건너가 연오랑왕의 귀비가 되었다네
그러자 신라에서는 갑자기 해와 달의 밝은 빛이 사라졌구나
신라 왕실의 점성가는 해와 달의 정령이 일본으로 떠났기 때문이니
연오랑 부부를 다시 모셔와야 한다고 권고했다네

신라왕이 사신을 보내 귀국을 청하자 연오랑은
"짐이 여기 오게 된 것도 하늘의 뜻이니 어찌 돌아가겠소.
대신 왕비가 손수 짠 이 비단 보자기를 줄 테니 가지고 가서
하늘의 천신께 제사를 올리시오"

▲ 연오랑 동상(포항 호미곶 공원)

비단 보자기 받은 신라왕 천신 제단에 올려놓고
하늘에 머리 숙여 제사 올리고 나니
이게 어인 일인가 다시금 드높이 눈부신 해 솟았다네
왕은 귀비의 보자기를 어고(御庫)에 모셔 국보로 삼고
그 곳을 신성한 '귀비고' 라 명명했다네
이에 천신제사 터전을 해맞이의 '영일현' 혹은 '도기야' 라 일렀으니
연오랑 세오녀는 고국 땅의 태양신과 달신의 정령이었다네.

일본 왕실의 신상제

일본 왕실제사 책임관 아베스에마사 악장의 엄숙한 목소리가
(2011년 8월 19일) 서울 역사박물관에서 울려 퍼진다
(천손문화 한 · 중 · 일 국제학술회의)
해마다 11월 23일에 일본 궁중에서 거행하는
천황 자신이 제주가 되는 제사
그 해 첫 수확한 곡식과 과일 채소 등을 신께 감사드리며
신들과 함께 먹는 의식
악인들이 밖에 악사에서 연주를 하면
천황과 황태자가 들어서며 의식이 시작되네
저녁의식과 새벽의식으로 두 번 신악과 연주를 하며
오후에 어전을 장식한 신좌를 봉안하여 불을 지핀다
저녁제사 황태자와 천황이 기릉전에 들어가 옷을 갈아입고
장전장이 축사를 연주한다
오후 6시 천황이 들어오신다. 뒤이어 황태자가 들어서서
(신찬행립) 선 채로 신찬을 나른다
여관장전에 의한 의식이 있고
삭목을 쥔 장전이 경필로 호칭하면
신악가 연주가 시작된다
약 6시에서 8시반 정도 저녁제사 11시에서 새벽 1시 반 정도
(닭이 울기 전에 마친다)

▲ 천황궁 신상제 "아지매, 오게"(阿知女, 於介) 기원하는 아베 스에마사 제사악장

천황이 신상제 제사 때 모시는 가라카미 즉 한신은 백제신이며 소노카미 즉 원신은 신라신이다.
천황가에서 한국신들을 모시고 풍년 비는 제사를 지내는 것은 천황은 백제인 정복 왕들의 후손이기 때문이다.

*홍윤기 교수, 《일본 문화의 뿌리는 한국 마문화》(2012, 한누리미디어) 참조

신상제(新嘗祭)

국조이신 단군(檀君)의 천부경(天符經) 가르침은
하늘은 오래고 땅은 영원하며
그 속에서 사람은 편안하게 살도다

해마다 11월 23일 일본 궁중에서
천황 스스로 조선신 한신(韓神)의 제주가 되는 조선천신 제사
신라 천일창 왕자가 '곰신단' 을 일본 왕실로 모셔왔다네
'삼신기' 인 거울과 옥과 청동검 모두 일곱 가지
'천부경' 이념으로 조선 천신 한신제사
일본 왕실 제사 음악장인 아베스에마사 악장의
엄숙한 목소리로 조선신 한신(韓神, 카라카미)을 모시는 소리
아지메(阿知女) 오, 오, 오, 오
오게 아지메 오, 오, 오, 오,
미시마 무명 어깨에 걸치고
우리 한신(韓神)의 한(韓)을 모셔 오노라
팔엽반을랑 손에 쥐어 잡고
우리 한신의 한을 모셔 오너라
한을 모시노라
천부경(天符經) 가르침인 하늘은 오래고 땅은 영원하며
그 속에서 사람은 편안하게 살도록

▲ 교토 후시미이나리신사에서 무인들이 백제신 한신(韓神, 카라카미) 인장무(人長舞)를 추고 있는 장면. 일본 왕실의 신상제(神嘗祭) 제사와 똑같다.(우에다 마사아키 박사)

큰 절을 올리고 어신악(御神樂)
기도드리는 의식의 제사 노래는 우리의 한신(韓神)
아베스에마사 천황궁 악장의
조선신 한신을 제사상에 모셔 부르는 소리
너무도 엄숙하여 신령하게 들리네

*한신(韓神) 축문의 아지메(阿知女)는 단군 모친 웅녀신(熊女神)이며 '오, 오, 오, 오'는 '오시지요'를 반복하는 것임.

아지메 모셔 춤추다

— 일본 속 백제 역사문화 답사에서

오게 아지메 오,오,오,오 오게
삐죽이 나뭇가지 사뿐히 들고
바다 건너 한신(韓神) 고이 모셔
제를 올리나이다 조상님 아니시면
황금빛 벼농사 어찌 지었으랴
감읍 감읍 천 배 만 배 첫 소출 조상님께 올리나이다
벼나락 씨앗채 문설주에 꽂아놓고
고마우신 농신 조상님 은덕이며
왕인박사 아니시면, 백제 벼 아니더면
금싸라기 아키바레 쌀 어찌 먹겠으랴
백제 베틀 아니더면 벌거숭이 몸뚱이에
무명옷 어찌 걸칠 수 있었으랴 감읍 감읍
일본 천황 엎드려 한신을 부르는 소리
아지메 오게 오,오,오,오
귀에 쟁쟁 천년 또 천년 숨 쉬나이다
이역 땅 자자손손 뿌리 내린 일본 땅에서

사케는 신라인의 선물

하늘 · 땅 · 사람(天地人)의 합작품
'니혼슈' 라는 일본식 신라 청주 사케
고대 일본으로 건너간 신라인의 후손 하타(秦) 씨 가문
니혼슈의 명소로 이름났구나 '우스마사' 1가에서 3가까지
1500여 년 전인 5세기경 신라인 사케키미가 세웠다는
다이유 진자가 있네
하타노 사케키미는 다이슈 진자에 우스마사 묘진이라는
주신의 신주를 모셨다고 전해지네
이 신라신의 정식 이름은 '산요하타 강게이가 쿠마이노 소신'
풀이하자면 '누에치기와 베틀의 관현 악무를 관장하는 조상신' 이라는 뜻
이름 속 관현 악무는 마을에 울려 퍼지는 베틀에 베 짜는 소리
"베를 짜세 베를 짜 털거덕 털거덕 베를 짜세"
대규모 사당인 마쓰노오다이샤 경내에 최초로 술 빚는 원조
술도가라는 표석이 서 있네
유리왕 9년(서기 32년)에 팔월 한가위 추석 때
삼베 짜기를 경연하면서 술과 음식을 잔뜩 먹었다는
기록이 삼국사기에 쓰여 있네

백제왕이 왜왕에게 하사한 칠지도

일본 왕실이 백제인에 의해 형성되었다는 문헌 기록 외에
고고학적인 고증 백제 칠지도
백제 20대 비유왕(427~455 재위) 왜를 다스리던
백제왕족 후왕 오진왕에게 하사한 칠지도
길이(74.9cm) 칠지도 앞면에 우리말로
"태화 4년(서기 429년) 5월 11일 병오날 정양때에
무수히 담금질한 쇠로 칠지도를 만들어
모든 적병을 물리치도록 후왕에게 주노라
선대 이래로 아직 볼 수 없었던 이 칼을
백제왕 성스러운 말씀으로 왜왕을 위해 만들었도다
후세에까지 잘 전해 보이도록 하라(뒷면)"

우에다 마사아키 교수는
이 칼을 세 번이나 조사하고 쓴 연구론에서
그 당시 막강한 군사력을 가진 백제왕이
후왕인 왜왕에게 보내 주었음을 밝힌 것이며
칼에 새긴 올투는 윗사람이 아랫사람에게 전하는
하행문서 형식의 명문이라고 단정했다네.

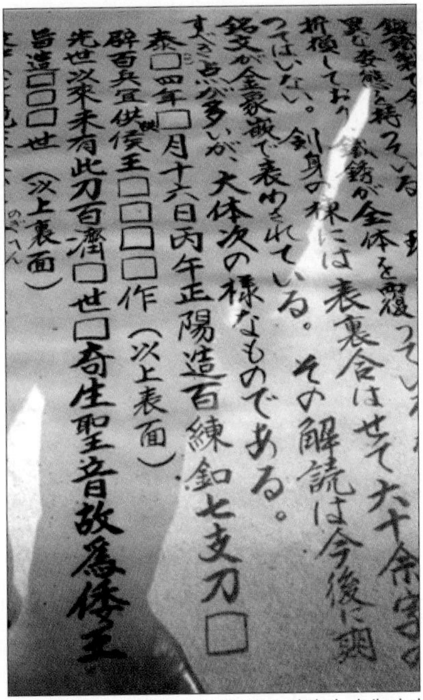

▲ 칠지도(앞 · 뒤면) ▼ 석상신궁 ▲ □□□□는 '백제대왕' 을 일본 신관이 파낸 자리

인물화상경

일본의 중요 문화재에는 고대 일본에 남긴
한국의 자취가 또렷하게 남아 있다네
그 중 대표적인 청동거울 인물화상경
일본 국보가 된 이 청동거울은
503년에 백제 25대 무령왕이 직접 제작을 지휘해 완성한 다음
왜나라 왕실 친동생(오호도 왕자—훗날에 게이타이왕)에게
보내준 것이라네
지름 198cm로 둥글게 만든 이 청동거울에는
말을 탄 백제왕이며 신하들의 모습이 선명하게 그려져 있어
인물화상경이라고 통칭됐다네
스다하치만 신사의 데라모토 요시유키 궁사는
육중한 금고 깊숙이 들어있던 인물화상경을 꺼내어
한국의 홍윤기 박사와 그 일행(학술단)에게 보여주었다네
데라모토 중사는 "이 거울은 백제 503년에 무령왕께서 일본
왕실로 보내주신 겁니다"
인물화상경에는 둥근 거울의 바깥쪽 테두리를 따라가며
48개의 한자어로 된 명문이 있다네
서기 503년 8월 10일 대왕(백제 무령왕) 시대에
오시사카궁에 있는 오호도 왕자에게 무령왕께서
아우의 장수를 바라면서 개중비직과 예인금주리

▲ 인물화상경(일본 국보 제2호). 홍윤기 교수가 직접 촬영

2인을 파견하여 거울을 보내시는 바
이 거울은 좋은 구리쇠 200한으로 만들었노라
동생을 향한 무령왕의 애정이 간곡하게 담겨 있다네

담징의 비천도

일본 나라 땅 터전에 법륭사
이곳은 6~7세기 고대 한국인들의 숨결이
오늘에도 면면이 이어져 오고 있는 불교성지
'호류지역' 서쪽 나지막한 수풀 쪽으로 큰 가람이 펼쳐진다
서기 607년 백제인 건축가들이 완공한 '금당' 과 '오중탑' 이
어깨를 나란히 하고 있다
602년 학승 혜자, 학승 승륭, 학승 담징과 승려들이
아스카 백제인 왕실로 건너온다
법륭사의 금당은 본래 고구려 스님
담징의 '금당벽화' 불상 그림 모두 열두 점이
벽면 사방에 훌륭한 벽화로 만들어져 있었던
법당으로 유명하다
그 중 대표적인 벽화는 제6호인 '아미타 정토도'
담징의 벽화는 경주 석굴암 원강석불과 함께
동양 3대 예술품으로 평가되어 왔다네
하지만 슬프구나 이렇듯 빼어난 금당벽화 12점은
1949년 1월 26일 불에 타 모두 손상된 채
법륭사 수장고에 보관되고 있다네
유일하게 화마를 모면한 그림이 있다네
그것은 금당 천장 안쪽에 붙였던 소형 그림 '비천도'

지금으로부터 약 1400년 전 고대 한국인의 훌륭한 예술혼을
우리는 칭송하지 않을 수 없다네
담징은 그림만 훌륭한 게 아니라
그는 일본 사람들에게 종이 만드는 제지법도 가르치고
먹을 만들어 쓰는 법
또한 새로운 생활도구로써 맷돌 제작법도 가르쳤다는 것이
일본 역사책에 밝혀져 있다네

춘일대사 · 1

일본 나라시 동쪽
마카시야마 산기슭
백제왕족 후지와라 가문의
조상신주 위패들 함께 모신 큰 사당
'가가미노 히메이코' 남편 제사 지내려고
710년경에 세웠다네
춘추 두 번의 큰 제사인
춘일제
음력 2월 상신일 첫 원숭이날
음력 11월 상신일 두 번의 춘추제사
때문에 '마쓰리' 라고 통칭 되었네

미시마 무명 어깨에 걸치고
나한신은 한을 모셔 오노라
한을 모셔 오노라
왕궁제사 음악 담당 악장
축문을 낭창하는 소리
엄숙하구나

▲ 춘일대사의 고구려북

▲ 춘일대사 정문

춘일대사 · 2

– 백제신 한을 모셔 오너라

일본 나라현 나라시 동쪽 미카사야마 산 언덕에
춘일대사가 있다네
이 곳은 백제왕족 후지와라 가문의 조상
신주의 위패들을 함께 모시고 제사 지내는 큰 사당
후지와라노 가마타리 남편의 제사 지내려고
710년경에 세웠다네
그뿐 아니라 부인은 나라 땅에
남편의 명복을 빌기 위해서
직접 불교사찰 고후쿠지도 세웠다네
춘일제사 사당은 본래 춘추 두 번의 큰 제사
이 제사는 후지와라 가문에 큰 제사
온 나라가 성대하게 거행하며
일본 왕실에서는 칙사를 보내 폐를 바쳤다네
그런데 춘일제 형식과 내용을 지금 일본 왕실에서
해마다 11월 23일 초저녁에 거행하는 왕실제사인
'니나메사이' 와 똑 같다네
백제신 한(韓)을 모셔 오너라
미시마 무명 어깨에 걸치고
나 한신은 한을 모셔 오너라

한을 한을 모셔 오너라
일본 천황궁의 백제신 축문을
일본 조정의 좌우 두 대신이 목청을 돋으며
길게 낭창한다네
지금도 한신을 부르는 소리 들리는 듯

▲ 백제신 제사춤

신라왕자 천일창대신

1868년 이른바 메이지유신으로 일본에 군국주의가 등장한 직후 제국주의 정권은 종래의 국가신궁들을 이른바 '관폐대사' 라는 간판 아래 모두 묶어 한 손에 움켜 잡았다네 조선 침략의 흉한 칼 빼든 그들은 당장 동해쪽 '게히신궁' 으로 달려가 일본 최초의 국가신(國家神)으로 모셔온 신라 '천일창대신' 이름 빼내고 대신 그 자리에 '이사사와케대신' 이라는 호칭을 바꿔 넣었다네 물론 당시로부터 오랜 세월 동안 이사사와케대신이 천일창대신의 또 다른 호칭이라는 것을 아는 이는 거의 없었으나 홍윤기 교수는 30년간 '쓰루가' 일대를 누비며 모든 역사를 고증했다네 도쿄 오차노미즈 대학 국문학과 쓰기다마사키 교수도 "나는 게히신궁의 이사사와케 대신은 천일창신" 이라고 밝혔고 효교교육대학 나카가와 도모요시 교수는 '일본서기' 개국신화의 천손족(天孫族) 선도한 '사루다히코' 는 본래 신라신이라고 찬양했고 조선 남부의 벼농사가 동해 건너 일본으로 건너오면서 신라인들은 왜섬 땅으로 벼농사와 함께 단군(檀君) 임금의 천신 신앙을 모신 그 발자취의 터전이 오늘의 '쓰루가' '게히신궁' 의 '천일창대신' 이라네 사루다는 '논' 을 가리키는 조선어 '쌀밭' 에서 유래했다는 것 고조선의 논을 일컫는 '쌀밭' 농신(農神) '사루다히코신' 모신 왜나라 최초의 동해 건너 게히신궁의 '사루다히코 신당' 있고 신라농신 모신 옛 왕도 교토의 '후시미 이나리대사' 사당에도 엄존하고 있다네 섬나라 미개한 채집생활하던 선주민들에게 벼농사 가르쳐준 고대 신라인들 쌀은 신이 주신 으뜸가는 은혜이니 어찌 최고의 조선 단군 받드는 곡령신 존승하지 않을 수 있으랴 오늘도 쓰루가 게히신궁에 모셔진 신라신들 일본 최고 유일의 국가신인 천일창대신의 숨은 이름 역사의 진실 이사사와케대신이라고 홍윤기 교수는 고증했구나 그 발자취 고대 신라에서 단군 받들던 '연오랑' 임을 다시 밝힌다네

*홍윤기 교수, 〈신라인 연오랑의 환생〉, 중앙일보 연재, 『월간중앙』(2012년 2월호) 연구론.

천일창 쓰게가문 이야기

"저희는 1500년도 더 오래 된 신라의 후손 저희 선조는 고대 일본에서 받들던 최고의 신관 벼슬을 하신 쓰게구니즈쿠리(都下國造) 궁사이십니다 쓰게가문은 천일창왕자께서 신라 땅 영일만의 신성한 고장 도기야에서 이곳으로 건너 오셨다는 데서 계승된 오랜 성씨랍니다" 신라 아달라왕 때 단군 태양신 정령(精靈) 연오랑 내외 왜섬으로 건너가자 천공의 태양 그 빛을 잃었고 이에 신라왕 왜로 사신을 파견하여 일본 왕 된 연오랑 부부 다시 모셔 가고자 했으나 귀국 못한다 했다네 그 대신 연오랑처 세오녀가 직접 베틀로 짠 비단보 내어주며 "이 비단보 가지고 가서 천신께 제사를 올리도록 하시오" 했구나 신라 사신 두 손으로 비단보 받들어 가져와 신라왕 하늘에 제사 모셨더니 다시금 하늘의 둥근 해 눈부신 빛을 되찾았다네 신라 왕은 세오녀비가 보내준 비단보로 천신의 거룩한 가르침 받들어 '어고'(御庫)에 모셔 국보로 삼고 '귀비고'(貴妃庫)라 명명했다네 존귀한 귀비고 받들던 그 자리 '도기야'(都祈野)는 오늘의 영일만 터전 신라신 가문으로 '쓰게'(都下)씨는 '도기야'(都祈野)에서 이은 성씨런가 '쓰게' 씨 외에 후나기(船木) 씨도 이름난 신라 후손으로 번창했으니 홍윤기 교수는 30년만에 다시금 오사카 땅 '히메지마신사'를 찾았다네 지명부터가 신라 여신 아카루 히메(姬)의 히메신(姬神) 터전 일본 고대어로 이두식으로 따온 명칭이거니 지금의 히메지마 신사는 가로변 공원 한구석에 모셔져 있지만 공원 일대 모두는 예전에 거대했던 히메지마신사의 큰 경내였다고 1994년 공원이 들어서면서 몹시 퇴락했던 신사를 헐어내고 재건한 사당 건물이 오늘의 자그마한 히메지마신사라고 한다네

*홍윤기 교수, 〈오사카에 신라가 있었네〉, 중앙일보 연재, 『월간중앙』(2012년 4월호) 연구론.

▲ 신라 왕자 천일창 대신 모신 쓰루가의 게히신궁

미국 보스턴 박물관

멀리 미국의 대도시 보스턴 박물관에도
5세기 신라 말 장식물들이 여러 가지 전시되어 있고
더욱 놀라운 사실은 고대 오진왕 무덤에서도
현재 경주 박물관에 있는 금은세공으로 만들어진
정교한 말안장 장신구와 똑같은 모양의 것이 나와서
오진왕 사당 박물관에 진열되어 있다네
오진왕의 말안장 장신구는
신라 백제의 인동초 꽃무늬와 똑같은
무늬의 금은세공품
5세기 고대 한국에서 일본 왕실로 보내준
역사적 사실을 시인하고 있다네
일본의 우에다 마사아키 교수는
자택 서재에 걸려 있는 흰 말의 액자를 가리키며
저 백마 그림은 우리의 가문에 전해 온 지
2백 년이 넘었습니다
백제에서 오진천황 때 백제 말이 안 왔다면
일본의 마문화는 몇 백 년 뒤졌을 것이라고
한반도 기마민족의
고대 일본 진출은 뛰어났다고 말하네.

삼족오
두꺼비
삼족오
삼족오

기마민족

북큐슈(일본 남서부 큰 섬 BC 2세기경)
신라 천년의 시간 위를
천마가 갈기를 날리며 달린다
일본 천황가는 고대 한반도로부터
말을 타고 온 기마민족이라
'미카미 쓰구오' 교수 등은 단언하네
그 옛날 부여 땅이던 만주 벌판을
동부여의 금와왕 왕궁에서
말 잘 기르기로 소문난 주몽은
뜻한 바 있어 동부여의 땅을 떠나
3명 동지와 뜻을 모아
남쪽으로 말을 달렸지
동명성왕 재위 때 졸본부여 터전에 나라를 세워
국호를 고구려라 불렀으니
달려라 갈기를 날리며 말을 달려라
눈부신 비단 벌레 장식의 말안장은
황홀하여 말을 탄 주몽은 하늘을 나는 듯
그가 쏘는 화살은 막을 자가 없었으니
달려라 바다 건너 왜나라까지
고조선 기마 세력을 뻗치세
우리는 기마민족, 한민족이라네

제3부 조선의 향기

▲ 백제 건축가들이 607년에 세운 나라 법륭사 5중탑(일본 국보)

조선의 향기

– 백제 문화 답사에서

세계에서 가장 큰
금동 불상이 있는 곳
백제인 행기 큰 스님과
신라 심상대덕 스님의
대가람과
고려 조궁장관
고려 복신이 건설했다는
도다이지(동대사)
천 년 전
삼국의 문화가 어우러져
아름다운 꽃을 피운
동탑과 서탑은
지구촌의 자랑거리라네
우리의 선조 겨레의 얼이
살아 숨 쉬는 곳
그 곳은 남이 아닌
배달의 핏줄이
맥맥히 흐르는
조선의 그윽한 향기라네

◀ 백제인 국마려 조불장관이 처음 만들었던 16m가 넘는 비로자나대불.

▲ 8세기 중엽에 신라 · 백제 · 고구려인의 손으로 세워진 나라시의 도다이지(동대사) 대불전의 웅장한 모습. 법당 앞 사람들이 보이지 않을 만큼 거대하다.

구다라강(百濟川)에서

구다라 백제 이름 빛나는 드넓은 터전
선진문화 백제인들 건너가 이룬
구다라 향 도래인 씨족들 빼어난 솜씨 심으니
구다라 군 되고
아스카 절에는 구리쇠 장육불상
눈부시구나
나라 땅 호류지 금동석가 삼존상도 만들고
찬양받는 우리 조상들의 숨결 뜨거운 터전
지금은 구다라 가이 이름 바꾸어 히라노 강이라니
그 이름 아무리 바꾸어도
백제대교 아래 유유히 흐르는 저 강물은 말하리
여기는 백제 옛 터전이라고
지금도 구다라 사람 백제인들
훈훈한 그 숨결 옛 그대로
아늑히 젖어 흐른다는
구다라 강. 강. 강

◀ 구다라 삼중탑
▼ 구다라 회관

옥충주자

2563장의 비단벌레 무지갯빛 날개를 바치오리다
인동당초 문양으로 조각한 금동 장식은
스이코 여왕께서 도라궁에 안치하시고
이층불감 봉안한 불상을 향해 합장예불 드리는 불단
천하에 자랑할 귀중한 백제불교문화재
1층 부분은 수미단으로서 사면의 각기
석가모니 부처님의 전설을 그린 밀타회화 그림
정면인 앞쪽 그림은 불타의 공양하는 사리공양도
우측으로 돌아간 곳의 그림은 부처가 호랑이에게
제 몸을 던져 먹여 살린다는 사신사 호도
정면 좌측면은 설산동자의 몸으로 태어난 석가가
바라문으로 수업중인 시신 문개도 뒷면 그림은
불교세계 한복판에 있어 세상에서 가장 드높다는
수미산을 그려 넣었다
왜 왕실로 옥중추자를 보내준
백제 제27대 위덕왕이
가시키야 공주에게 보냈던 것
'옥충주자는 조선미술의 위대한 보물이다'
라고 미국인 동양사학자 페놀로사 교수는
칭송을 아끼지 않네

▲ 옥충주자

후지노기 고분

한일 양국이 떠들썩
나라 땅 '이카루가' 옛 무덤 하나
조심스레 작은 구멍 뚫어 살펴 보니
눈부셔라
깜짝 놀란 나라 고고학연구소는
예전처럼 다시 흙으로 덮어 버렸다네
고분을 공개하라는 여론에 밀려
다시 열어보니
금동제 화려한 신발은
무령왕비 금동제 신발과 똑같고
큰 칼인 옥전대도 말안장인 금동장
옥류의 귀고리 비단섬유들은
백제 왕족만이 갖출 수 있는 호화로움이네
목이 긴 단지와 운두가 높은 잔은
충남 논산과 전북 남원 등에서
출토된 백제 토기
놀랍게도 1400년의 백제 문화가
고스란히 살아 있었네

증아강엔

백제 들판 가르는 증아강엔
지금도 백제 역사 유유히 흐른다
백제사 삼중탑이 있는 마을에는
구다라간이 우편국 이름 가진
백제 우체국이
번창했던 옛날을 상징하고
옛 가람 터전 삼중탑에
구다라데라 공원도 나그네 마음을 감싸준다
지금도 생생하게 살아 숨 쉬는 백제 터전에서
긴 역사를 편지로 써
백제 우편국에서 붙이면
조메이천황이 받아 보실까요

소가노 우마코

아스카 땅 소가 가문은
일본 왕실 최고의 대신 세습하며
모국 백제 불교
일본 왕실에 포교하는 데 앞장섰으니
소가노 우마코는 스이코 여왕 모시고
백제인 아스카 칠당가람 세웠으니
일본의 미륵보살 신앙은
백제로부터 처음 건너간 걸세
미륵보살님은 장차 저 먼
미래 세상에 오셔서
중생을 구제하시게 된 것
나라 땅 다이마데라의(구스모토 마사다카)
주지는 금당 본존이신 미륵 보살상은
백제 불교 신앙으로 여래 되신 모습 이룬 것
일본에서 가장 오래 된
소상이기에 자랑스런 국보라고
큰 자랑하네

▲ 소가노 우마코의 바위무덤

조향궁 왕자

피는 물보다 진하다 했던가
현해탄 파도 넘어
충청도 공주 땅 찾아와
백제의 무령왕릉 앞에 무릎 꿇었다네
일본 왕실 조향궁 왕자가
지극 정성 향을 피우고
조상님께 술잔 올렸다
가져온 향로 공주시장에게 드리며
이 몸 다시 일본으로 가옵니다
몸은 비록 일본에 있지만은
이내 몸 속에는
뜨거운 백제의 피가 흐르오니
눈부신 백제 문화 잇대어
일본 땅에 꽃피우겠나이다
오래 오래 고국강산 기리겠나이다
눈물 흘리는 백제의 후손 조향궁 왕자여

*조향궁(朝香宮, 아사카노미야) 왕자 : 일본 왕실 아키히도(明仁)천황의 오촌 당숙으로, 2004년 8월 3일 충청남도 공주의 무령왕릉을 찾아 옛 조상에게 제사를 올린 바 있다.

일왕 당숙 아사카노미야 백제 무령왕릉 참배

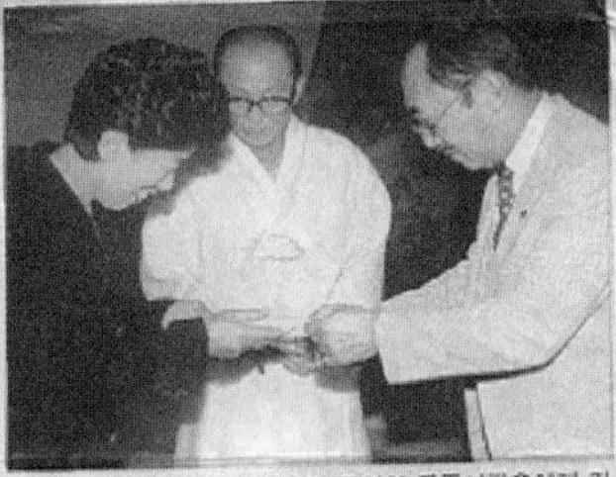

일왕의 당숙 아사카노미야ⓒ가 오영희 공주시장ⓡ에게 갖고온 향로와 향을 기증하고 있다. [공주=연합]

아키히토(明仁) 일왕의 당숙(아버지의 사촌 형제)인 아사카노 마사히코(朝香誠彦·62)가 충남 공주에 있는 백제 무령왕릉을 참배한 사실이 뒤늦게 밝혀졌다.

4일 충남도에 따르면 그는 전날 수행원·친척 등 2명과 함께 도 관계자의 안내로 무령왕릉을 방문해 일본에서 가져온 술과 과자·향 등을 놓고 절을 했다. 이어 왕릉을 둘러본 뒤 오영희 공주시장을 만나 향로와 향을 기증했다.

아사카노 마사히코는 현재 일본에서 이(異)문화교류 추진위원회 활동을 하고 있는 것으로 알려졌다. 그가 기증한 향은 1300여년 묵은 침향목(沈香木)으로 만든 최고급품이다.

일본 왕족의 백제 왕릉 참배는 사상 처음이라는 게 충남도 관계자의 설명이다. 아키히토 일왕은 2001년 "무령왕의 손녀 다카노니 가사가 일본 50대 왕인 간무(桓武)를 낳았기 때문에 나는 백제의 피를 이어받았다"고 말해 일본에서 큰 파문을 일으켰다.

아사카노 마사히코를 안내한 신화용 충남도 관광과장은 "무령왕의 후손인 일본 왕족들이 무령왕릉에 관심이 매우 많다"며 "이번 방문은 일본 내 여론을 의식해 비공식적으로 이뤄졌다"고 말했다. 신 과장은 "아사카노 마사히코는 5일 일본으로 돌아가 일왕에게 이번 방문 결과를 상세히 보고키로 했다"며 "앞으로 충남도 차원에서 일왕 방문을 본격 추진하겠다"고 덧붙였다.

공주=최준호 기자 choijh@joongang.co.kr

▲ 충청남도의 오영희 공주시장에게 향로를 기증하는 일본 왕실 아사카노미야(朝香宮) 왕자(「중앙일보」 2004년 8월 5일자, 최준호 기자 보도)

W杯 交流願う

天皇陛下、誕生日を前に会見

「韓国にゆかり感じています」

天皇陛下＝写真＝は23日、68歳の誕生日を迎えた。これに先立って記者会見し、深刻化する経済情勢が国民生活へ与える影響を案じ、この1年を振り返った。日韓共催のサッカーワールドカップ（W杯）との関連で、人的、文化的な交流について語る中で「韓国とのゆかりを感じています」と述べた。「残念な」歴史にも触れ、両国民の交流が良い方向へ向かうよう願う気持ちを示した。（5面に関係記事）

W杯の共同開催国、韓国に対する関心や思いを問われ、陛下は、両国からの移住者らが文化や技術を伝えたことに触れ「私自身としては、桓武天皇の生母が百済の武寧王の子孫であると続日本紀に記されていることに、韓国とのゆかりを感じています」と語った。

一方、「残念なことに韓国との交流はこのような交流ばかりではありませんでした」と語り、「このことを私どもは忘れてはならない」と述べた。さらに過去を「正確に知ることに努め、個人個人としての互いの立場を理解していくことが大切」とし、W杯を通し

▲ 일본 「朝日新聞, 아사히신문」 2001년 12월 23일자 보도. "한국과의 혈연을 느끼고 있습니다"

최초의 인물 초상화

허리에 칼을 차고
세 인물이 나란히 서있네
아스카 문화유산
최초의 인물 초상화
성덕(쇼토쿠)태자와 두 왕자상
가장 키 큰 성덕태자
가운데 서 있고
어린 두 왕자 양옆에서
서 있는 그림
불후의 명작으로 찬양받는
이 초상화는
일본 왕실 도쿄 궁내청에 보존되어 있다네
“서기 597년 백제 위덕왕 때
아좌태자가 그린
일본 최초의 그림이다”라고 적힌
고문서를 한국의 홍윤기 박사가
나라 ‘이카루가’ 터전 법륭사 사찰에서
발굴하였다네
백제의 아좌태자 그림 솜씨
일본의 국보 되어 눈부시게 빛나는구나

▲ [쇼우토쿠태자와 2왕자상(唐形之御影)](일본 국보, 宮內省 보관중). 서기 597년에 백제 위덕왕 당시의 아좌태자가 그린 고대 일본 최초의 인물화이다(覺賢『班鳩古事便覽』法隆寺, 古文書).

구다라 빛나는 솜씨

— 일본 오사카 구다라 베틀 유적지에서

지금도 백제 여인들
베 짜는 소리 들리고

히라카타 나시쓰쿠리 유적
5세기 백제 베틀 부품이
발견된 곳

이 베는 곱게 짜서
구다라 대왕님께 바치오니
이 옷 입으시고
부귀영화 누리소서

베를 짜세 베를 짜
덜거덕 덜거덕 베를 짜

이 베는 짜올 적에
사랑방 글 읽는
서방님께 드리오니
이 옷을 입으시고
백제의 귀한 문화
세계에 떨치소서

베틀가

베를 짜세 베를 짜
터그덕 터그덕 베를 짜세
이 베틀은 뉘 베틀이냐
동방의 큰 나라
백제의 베틀이라네
백제 큰 나라는 귀인들이 산다지
농사짓는 방법도
백제서 배웠다네
얼럴러 쟁기 달고
밭갈이하는 신바람
백제 소가 밭을 가니
고맙고도 고마워라
오사카 옛 터전 땅 이름은 무엇이뇨
구다라 큰나라 백제라네
조메이천황은 어디서 살았나
나라땅 구다라(백제)궁 살았지
베를 짜세 베를 짜
금실홍실 베를 짜서
곤룡포를 입었으니
그 위엄 천하에 떨치고
백제 문화 빛나는구나

일본국보 의연승정의 건칠상

'용개지' 연못 이 연못 둘레에는
철쭉이 만발해
의연승정의 어진 승덕이
훈향으로 전해 온다
일본의 국보 건칠상(乾柒像)으로 만든
귀중한 이상체는 99cm의 높이
채색된 성스러운 상이여
진흙으로 골을 만든 다음에
삼베를 감고 그 위에다
진흙가루를 바른다
그리고는 다시 숫돌가루를 섞어
옻칠을 발라 제작하는 소상
옻칠 기법이 한반도로부터
일본으로 건너간 사실을
감히 부인하려는 일본학자는
아직 아무도 없다
의연승정 학덕을 쌓아 뒷날
왕실의 최고의 승려직인
승정에까지 오른 이여
철문화까지도 빛내는 이여

▲ 의연승정의 건칠상 모신 나라땅의 오카데라

민족사에 빛 뿌린 행기스님

전국에 수많은 신도를 거느린 생불 되신 큰스님
668년 백제인 왕인박사 후손으로 태어나
일본 전국 각지를 돌며 포교에 앞장서
잠자리 없는 부랑인들 위해 정성으로 집 지어주고
곤궁한 농민 위해 가뭄에 도랑물 파주며
강 속에 큰 다리를 건설하고 방죽을 만들어
앞장서 관개 농업 이끌었다네
행기스님 가는 곳마다 새로운 제자들이
구름떼처럼 모여들어 그의 설법을 들었으니
한때 나라 황실은 민심 선동자로 오인하여
감옥에 잡아들여 억울타 성자스님 박대했지만
스님의 빈민 구휼 참사랑이 바르게 평가돼
행기스님 앞에 머리 깎고 출가한 쇼무 천황
온 세상의 존경받는 역사의 빛나는 백제 고승

▲ '행기보살행장기'. 행기 큰스님의 탄생에서 입적까지 82년의 생애를 3폭의 비단에 그린 것으로 유명한 일본 정부의 중요문화재(에바라지 소장)이다.

약사사

일본 불교 법상종의 대본산인 약사사
'아키시노가와' 라는 아름다운 강물을 배경으로
한 폭의 풍경화처럼
장중하게 서 있는 나라 땅의 명승
학승 경계 오랜 세월 약사사에 살면서
'일본국 현보선악영이기' 라는 3권짜리
훌륭한 일본 고대 설화집을 저술했네
'유식론' '법화' '열반' 대반야 등의
경론에 통달했으며
법학에도 뛰어난 스님
뒷날 왕도를 따라 나라경으로
이 큰 가람도 옮겨 세웠네
약사사는 정전인 이중이각 금당을 중심으로
동탑과 서탑으로
동서 양편으로 우뚝 서 아름다움에
으뜸이라네

▲ 일본 나라시대의 명찰인 야쿠시지(藥師寺, 약사사) 큰 가람. 본전인 금당(가운데)을 비롯해 '동탑'(왼쪽)과 '서탑'은 모두 일본의 국보로, '이중이각(二重二閣)'의 아름다움을 과시한다.

천년 된 녹나무

천년이라는 오랜 세월
다무라마로 사당을 지키며
아직도 웅장하게 서 있는 녹나무
그 당당한 기상은
백제의 혼이 내렸나 보다
구라다 신사의
자랑스런 가문
무라다 다카시 향토사학가는
해마다 5월 23일에
다무라 마쓰리 제사를 지내며
참배자들에게 나눠주던 겐베시(과자)
히로마 장군이
부하 장병들에게 나누어 주었다지
이렇듯 백제는 번성하여
문화의 꽃을 피워낸 것을…
천년 된 녹나무는
다 알고 있을 테지
칠명가의 전설을

▲ 다무라마로 사당 구마다신사의 천년 된 녹나무

미륵보살

흙으로 빚어낸 소상이여
미륵보살상의 소토가 굳어진 다음
미분의 몸에다
두루천을 발라 붙이고
옷칠까지 곱게 바르고
금박으로 소상을 아름답게
꾸몄습니다
태초에 흙으로 빚어진
아담처럼
미륵보살님은 장차 먼 미래세상에서
여래가 된 다음
중생을 구제하시게 된다네
금당 보존이신 미륵이시여
중생을 구하소서
일본의 국보시여
백제인 고향을 잊지 마소서

제4부 신라인들 와갔소

▲ 동해바다 건너 와카사만의 신라신사

'와카사만' 신라 후예들

신라 길을 따라 신라신사에 가세
우리의 신령한 조상님께 복을 빌러 가세
아득한 옛날 신라에서 건너온 왕손
이즈모 사람들의 조상이라네
임금님은 큰 알에서 태어났다네
나정 우물터 큰 알에서 태어난
박혁거세는 우리의 조상이라네
달걀 모양의 둥근 돌을 신주로 모시고
한해의 벼농사 풍년을 기원하세
햇빛과 비를 골고루 내려 주시어
풍년 들게 하소서
우리는 달걀을 먹지 않습니다
우리의 조상신주는 큰 알입니다
신령한 알입니다
이즈모 사람들은 2천 년이 지난 지금도
신라왕의 후예라는 자부심으로
조상신을 모신다네
정성을 다해 모신다네
신라인들이 "와갔소" 에서
'와카사만' 명칭도 생겼으니

新羅神社

이나리 신사

— 일본 교토 큰 사당에서

성스러운 저 이나리 산기슭에
신라 농신 모신 일본 최대라는 큰 사당
이 고장 벼농사 풍년 지켜주시는
거룩한 신령님께 감읍 드립니다

백제와 신라 우리 선조님들
파도 멀리 이 고장에 건너와
교토 땅 넓은 들 개간할 적에
왜인들 줄줄이 따라나서서
구슬땀 흘린 보람이랴
이 고장 후카쿠사 들녘 비옥한 농토
풍년이구나 해마다 큰 풍년 경사
고맙고도 고마운 신라 농신 조상님
처음으로 쌀밥 먹게 해 주신 신령님
자자손손 만대 이어 옥토 가꾸겠나이다

*일본 전역에 이나리사당의 신라 농신 모신 사당은 현재 2만 여 개가 된다고, 나카무라 아키라 궁사가 필자에게 직접 말했다.

▲ 한반도 신라 농신을 모신 후시미이나리대사의 전면 부분 광경

진이려거

둥 둥 둥
북을 울려라 풍년을 기뻐하자

교토 땅 지배자 진이려거는
떡을 빚어 하늘에 던지며 활을 쏘았는데
화살에 맞은 떡은 순식간에 고니(백조)로 변해
영마루 봉우리로 날아가 앉은 그 자리
대뜸 고니가 벼 이삭으로
땅에서 솟구쳐 나왔다네
놀라운 우리 농신의 조화련가

뜨거운 눈물 뚝 뚝 흘리며
진이려거는
그 자리 엎드려 큰 절 올리고
그 터전을 신라 농신의
신령한 터전으로 삼았으니
거기 우뚝 선 그 사당이
지금 '후시미 이나리대사' 라네

*후시미라는 것은 풍년을 빌어주는 거룩한 농신 앞에 엎드려 우러른다는 말

▲ 한반도에서 벼농사가 건너간 이나리신사의 농신을 흠모하며 거행하는 4월의 모내기 축제 행사.

정창원 악기

정창원에 가면
고대 한국의 장구가 있다네
일본에 건너온 백제인 미마지는 음악 무용가
고구려에서 기악을 배웠다가
왜 왕실 궁중 음악으로 꽃피우셨으니

성덕태자는 미마지에게
유능한 소년들 가르쳐 달라고 청했다네
나라시대 백제불교 일으킨
가면무곡 고구려 사자탈 쓴 춤이었네

「일본서기」 미마지가
오나라에서 배워 온 것이라지만
고구려 고자를 떼어놓고
구레로 읽었던 것을 속였다네

의도적인 역사왜곡이지만
역사를 바로 잡아 알린
학자들의 증언 뚜렷한 고증
정창원에 가면 지금도

고대 한국의 장구
생생하게 숨 쉬고 있는 것을

▲ 정창원에는 신라의 가야금 3대와 신라 놋그릇(고대 일본의 철기문화인 좌파리라고 불리는 놋수저와 놋그릇은 신라에서 전해진 것이다)을 비롯한 고대한국 보물창고

16세기 센노리큐

"센노리큐를 모르다면 일본인이 아닙니다"
일본의 대표적인 역사학자
가도와키 데이지 교수는 말한다
차를 다리는 물에다
불가의 선을 도입시킨
명인 센노리큐
센노리큐 조부 센 아미는
조선에서 일본으로 이주해 온
풍부한 교양을 갖춘 문화인
연못이 아름답게 꾸며진 은각사
정원 북쪽에 있는(도큐도) 차실
고적한 초막집 자그마한 방에서
정성껏 차를 다려
손님을 소박하고 정중하게
접대하는 참선의 정신세계
일본 차 문화를 발전시킨
차의 명인 16세기 센노리큐

▲ 오사카의 센노리큐 동상

대암차실 · 1

차를 다리는 뜨거운 물에다
불가의 선을 도입시킨 센노리큐
차 문화는 백제의 불교와 더불어
일본으로 건너갔고
센노리큐의 다도를 와비차라고
찬양하는 일본 다도의 표현 양식
고적한 조선 초가집 자그마한 방에서
정성껏 차를 다려 소박하고 정중하게
손님을 접대하는 참선의 정신세계
일본 국보로 보존된 세 곳의 차실 중
으뜸은 다이안(待庵), '대암' 이구나
센노리큐 손수 초가집을 지어 만든 차실
대암은 큰 자랑

*대암은 일본 교토 도카이도 본선 철도의 오야마자키초 '야마자키' 역 앞에 있는 '묘키안' 암자 터전에 있다. 대암차실은 일본 국보(1951년 지정)라고 한다. 구경하려면 1주일 전에 예약해야 한다.

대암차실 · 2

고적한 초막집
자그마한 방에
정성껏 차를 다려
소박하고 정중하게
손님을 접대하는
참선의 정신세계
차 문화는 백제의 불교와 더불어
일본으로 건너간 것
센노리큐가 차를 다리는 뜨거운 물에다
불가의 선을 도입시킨 명인
센노리큐의 다도를 와비차라고
찬양하는 일본 다도의 표현 양식
오늘날 일본의 국보로 보존된
세 곳의 차실 중에서
으뜸은 '대암' (타이안)
센노리큐가 손수 초가집을 지어 만든 차실
대암은 일본 교코 도카이도 본선철도
야마자키의 오야마자키 초에 있는
묘키안 암자 터전에 있다네
대암차실은 일본 국보(1951년 지정)라네

시다레사쿠라

— 꽃가지 축 늘어진 벚꽃 잔치

헤이안신궁 들썩이는 사월 축제런가
화사한 저 묵직한 꽃가지
휘휘 늘어져 춤추며 새봄 노래하느냐
조상 나라 찬양이냐 저 말쑥한 얼굴들
구다라 기리는 선녀의 발자국인가
한반도에서 건너간 백제 벚꽃이라지

그 옛날 행자 연소각이
요시노산 기슭에다 벚나무 심고
장왕보살 신목(神木)으로 받들어 가꾸니
백제 신라 승려들 바다 건너갈 때마다
벚나무 종자 가져다 요시노산에 심은 것
지금은 천하 명소 자랑하는 일본인들
평생에 요시노의 벚꽃 구경하지 않으면
눈을 감을 수 없다는 말 한다지
역사는 아느냐
한국의 벚꽃 나라꽃으로 삼았으니

*시다레사쿠라 : 줄기가 늘어진 벚꽃
*헤이안신궁 : 교토에 있는 백제인 제50대 간무천왕 신주 모신 사당
*행자연소각 : 주술자. 백제인 산악 불교 지도자

고묘황후

원력 세워 태어나신 보살님인가요
따뜻한 가슴 긴 팔을 가지신
병든 자의 위로와 사랑이시니
중생을 구하려는 그의 불도
자신의 몸을 태워 빛을 발하는
세상의 빛나는 광명이라
방울방울 떨어지는 눈물은
기도하는 염주알 되고
자비를 베푸시는 오른팔은 점점 길어져
'시약원', '비전원' 을 설립하시고
속세의 죄악 없애도록 염원한다는
참뜻에서 백제계 여승들을 위해
가람을 세웠으니 그 이름 홋케지
법화경에서 그 가르침 펼치신
홋케지 11면 관음상의 주체이신
고묘 황후여
우리 곁에 계시어 중생 널리널리 구하소서

현해탄 건너 볍씨 뿌리자

큰 배에 볍씨 자루를 실어라
삽과 괭이를 실어라
미지의 땅 일본으로 가자꾸나
신라 영산강 유역의 농부님네
어야 뒤야 배를 저어라
현해탄 높은 파도 넘어
후쿠오카 현으로 가자
베틀을 실어라 돼지도 가자꾸나
부여 송국리 농부님네
어랴 차차 노를 저어라
가을엔 감을 따서 곶감을 만들고
추수한 곡식을 맷돌에 갈아 음식을 만들자
빨래는 냇가에서 방망이로 두들겨 빨고
전망 좋은 산위엔 돌아가신 부모님 묘를 쓰자꾸나
우리는 신라의 후손
후쿠오카 여기도 신라 땅이라네

일본 땅에 이름 빛낸 여승

우대신 내외의 간절한 불전 기도가
어여쁜 딸 주조히메 내려 주셨네
주조히메 4살 어린 나이 '칭찬정토경'
밤낮으로 독경했다네
'칭찬정토경' 흰 여우가 어린 주조히메에게 갖다 준 것
5살 때 생모를 잃고 후실로 들어온 계모는
불경만 외우는 주조히메 구박했으니
마음씨 어진 소녀는 계모에게 순종하며
붓글씨로 칭찬정도경을 천 번이나 베껴 쓰니
16세가 된 주조히메는
서쪽 니조산 붉은 노을 속에 나타난
부처님을 보았다네 거룩한 그 모습
그 하늘은 극락 정토였다네
소녀는 왕도 나라 저택을 나와 니조산 기슭의
다이마데라로 찾아갔으나
당시 사찰은 여인 금지였다네
소녀는 관음보살 가호 아래
일심으로 독경했더니
이듬해 되어 소녀의 소원이 이루어져
이절 나타노보에서 머리를 깎게 되었다네

법명은 효뇨 주조히메는 백제왕족 최고대신인
아버지 사랑으로 입산하게 되었다네

▲ 11면관음상이 본존불로 모셔져 있는 여승들의 법화사(홋케지) 본당

연꽃

우아한 곧은 자태구나
흙탕물 속에서도
뽀송하게 피어나는 미소
이슬방울 튕기는
곱디고운 백제 여인 닮았느냐
긴긴 역사 흐르는 동안
진흙 속에 깊숙이 뿌리 내리고
줄기찬 장대비 맞고도
살포시 가슴 부풀리는
분홍 꽃잎은
두 손 합장한 백제 여인

쌍둥이 연꽃

이달에 이상한 연꽃이
쓰루기 못에 피었네
한 줄기에 두 송이 꽃이 함께 피어
모국인 백제와
나라 땅 백제인 왕실이
서로 쌍둥이 나라라고
형제 국가라고
한 줄기에 두 송이 연꽃이 피었네
쓰루기못 '즉, 검지는' 지금도 옛날 그대로
나라 아스카 지역에 있다네
지금은 명칭이 바뀌어
'이시카와못' 이네
이시카와 지역은 비타쓰 왕 당시
백제의 귀족들이 살던 터전
소아마자 대신이 자신의 저택을
사찰로 개축한
'이시카와 정사' 가 있던 터전
5세기부터 백제인들이
왜나라를 지배한 흔적이었네
지금도 이시카와 연못에 쌍둥이 연꽃이 피어 있을까?
메이오아 7년 7월 7일 기록이라네

1장5척 만다라

연잎 줄기 모으세
왕도나라(가와치) 백제군 넘어(오우미)
비와코 호수 일대의 연잎 줄기 모으세
연잎 줄기 실을 뽑아
오색 물 눈부시게 들여
덜그덕덜그덕 베를 짜세
직녀는 관음보살이요
그림을 설명해 준 늙은 여승은
아미타여래였다네
1장5척 큰 만다라를
여승 주조히메와 관음보살이 하루만에 짰다네
나라 땅 다이마데라에서
본존으로 모시고 있는 만다라에는
수많은 불보살과 하늘의 천인이며
드높은 누각과 보배 나무 등
극락정토가 수 놓여 살아 있다네
어질고도 어여쁜 주조히메는
중생들에게 현세 정토라는
설법 널리널리 펼쳤으며
29세 꽃다운 나이에
마침내 극락으로 떠나갔다네

이즈모 대사의 대국주신사당

이즈모 대사에는 19분의
신들을 모시고 제사 지내는 곳
대국 주신 위패 하나만
서쪽을 향해 있네
고향을 향해 위패를 모신 백제신과
신라신들의 다섯 형제로 모신 위패
신라의 왕도 소호루 서벌신
백제의 왕도 부여의 소후리신
조선 왕도 서울의 신들이
한국 동해 맞은편 시마네현 이즈모에 강신하셨네
위패도 서울을 향해 세워져 있네
왜 왕실 궁내성에서
제사 모시는 신으로 존숭되며
궁정의 진혼제 전야에 제사 모시며
이때(가구라) 제사 음악도 연주된다네

"한국신은 고대로부터 알려져 왔고
일본의 고사기라는 역사책에도
백제신과 신라신들의 다섯 형제로 섞여 있다"고
신관은 말했다

고대일본에 한민족의 숨결 심은 한류(韓流)의 족적

홍 윤 기
일본센슈대학 대학원 국문학과 문학박사
국제뇌교육종합대학원대학교 국학과 석좌교수
교토리쓰메이칸대학 대학원 사학과 초빙교수
한국문인협회 고문 역임/국제펜클럽 한국본부 고문(현재)

한민족사가 살아있는 일본 역사유적을 찾아간 한국의 저명 시인들은 부지기수였다. 그들 속에서 김수자 시인(백제시연구소 소장)은 오랜 역사 유적지 탐방을 통해 생생하게 살아있는 우리 조상들의 발자취를 하나라도 행여 빠뜨릴세라 샅샅이 검토하며 누구나 알기 쉽게 엮어 제2시집 《구다라의 향기》를 상재함으로써 모두와 함께 감동적으로 음미하게 된 것을 기쁘게 여기련다.

필자는 지금부터 28년 전인 1987년부터 「조선일보」사에서 시작되었던 '일본 속의 한민족사' 탐방단의 '일본 역사현장 해설 교수단' 의 일원으로 김광언, 김병모, 이도학 교수 등과 함께 오랜 기간 참가하던 중에 뜻한 바 있어 한국문인협회 소속 문인들에게도 '일본 속 한민족의 자랑스러운 발자취의 문학사적인 확인 작업' 도 기획하게 되었고, 수많은 시인 · 작가들의 공동 참여 속에 함께 움직이게 되었다.

그런 가운데 작고한 이탄 시인과 김후란, 정호승, 조인자, 김태호, 김수자 시인 등은 '일본 속의 백제 시 작품화' 에 수많은 가편(佳篇)을 발표(『한국현대시문학』지)하며 두드러진 발자취를 남기게 되었고, 특히 김수자 시인은 시작과 동시에 백제사 연구에도 대표적으로 역량을 집중하며 오늘에 이르고 있는 대표적인 시인이다. 독자 여러분은 김수자 회장의 작품들을 감상하는 가운데 자연스럽게 일본 속 한민족사를 실감하게 되실 줄로 안다.

김수자 시인의 광범위한 작품들을 따라 일본에 가 보면 한국 땅에서는 흔치 않은 우리 한민족의 조상님 제1세 단군왕검의 석상이 서 있는가 하면, 고대백제의 박사 왕인의 석상도 뚜렷하다. 일본에 건너가 일본의 초기왕실을 형성한 응신천황

(백제 곤지왕자)의 사당이며 사찰과 역시 박사 왕인의 묘역과 공원 등등, 발 딛는 곳곳마다 허다한 유적이 우리의 눈을 번쩍 번쩍 뜨게 해 준다.

한민족의 유적지는 신라, 백제, 고구려뿐 아니라, 도쿄의 천황궁에도 직접 들어가 보니 해마다 11월 23일에 일왕이 몸소 조상신(祖上神)인 '백제신(韓神)' 제사를 모시면서 경상도 말로 "아지매, 오게 오오오오 오게" 하는 긴 축문을 소리 높게 외우고 있다는 오랜 날의 뒤숨은 왕실제사도 확인할 수 있게 되었다.

김수자 회장의 시작품들을 주욱 따라가 보면, 일본 제2의 대도시 오사카(大阪)는 백제 그 실체이다. 일찍이 한반도 남쪽에서 배를 타고 거센 물결을 헤치며 열도로 건너간 백제인

▲ 오사카 왕인 터전 난바의 도톤보리에서 조인자, 김수자, 차윤옥 시인(우).

▲ 일본 「요미우리신문」인 지난 날 보도했던 오사카의 '구다라노(百濟野)' 관련 기사.

들은 벌써 3세기 경부터 이곳에 몰려 살면서 '백제주(百濟洲)'라는 새로운 삶의 터전을 만들기 시작했다. 일본어로는 '구다라스(百濟洲, くだらす)' 라고 한다. 일본에서는 백제를 '구다라' 로 부르기 때문이다. 지금도 오사카에는 창설 141년이나 된 '구다라(백제)소학교(大阪市立南百濟小學校, 1874년 창립)가 있으며 구다라역(百濟驛), 구다라왕신사(百濟王神社), 구다라사지(百濟寺趾) 등등 백제 자취가 이곳저곳에 뚜렷하

다. 일본 땅을 파면 백제가 솟구쳐 나온다. 그것이 두려워서 백제 유적지 발굴 작업이 한창이던 터전들이 특히 근년에 와서는 모두 급작스럽게 중단되고 있다.

김수자 시인의 작품으로 다시 눈을 돌려보자. 지금의 오사카 평야는 본래 구다라노(百濟野)였으며 역시 본래 구다라강(百濟川)이던 것을 일제 말기에 '구다라'(百濟)라는 행정 지명들을 바꿔버렸다. 지금의 나라 땅 소가강(曾我川) 역시 고대에는 구다라강(百濟川)이었다(《일본서기》).

현재 오사카 시내 히라노(平野) 지역은 본래 구다라군(百濟郡)으로서, 지금부터 93년 전인 일제하에도 이곳에는 남구다라촌(南百濟村)과 북구다라촌(北百濟村)의 행정구역도 존재했다. 현재 오사카 도심지의 구다라소학교는 당시 구다라군 남구다라촌 지역에 속해 있었다.

어째서 일인들은 백제(百濟)를 구다라로 부르게 되었을까. 교토대 사학과 우에다 마사아키(上田正昭) 명예교수는 20여 년 전에 자택에서 직접 필자에게 "구다라(百濟)라는 호칭은 백제의 고어(古語)로 '큰 나라'라고 하는 데서 연유된 것"이라고 말해 주었다. 일본 쪽에서는 역사적으로 고대의 미개한 일본을 개발해 준 선진국 백제를 '구다라' 즉 '큰 나라'로 찬양했다 한다.

백제의 세 번째 왕도인 충남 부여 땅에는 '구두레'라고 부르는 큰 마을이 있다. 구두레는 '큰 들' 또는 '큰 나라'의 뜻을 가진 백제 고어인 것을 거듭 살피게 한다. 부여의 구두레라는 지명에서 백제를 구다라로 소리 내어 읽는 일본 '만요가나(萬葉假名)'의 음독(音讀)이 생긴 것 같다. 만요가나는 우리나

▲ 교토역에서 교토대학 사학과 우에다 마사아키 명예교수와 홍윤기 국제뇌교육종합대학원대학교 국학과 석좌교수

라의 이두(吏讀)와 같이 한자어를 소리(音)와 새김(訓)으로 읽는 일본어 표현법이다. "만요가나는 이두의 영향을 받았다"(《鄕歌及び吏讀の硏究》, 1929)고 일제하 서울의 경성제대 교수를 지낸 도쿄대 오쿠라 신페이(小倉新平, 1882~1944) 교수가 지적했다. 실은 일본에서 이 만요가를 가장 먼저 시작한 백제인은 왕인(王仁, 5세기)이었다. 왕인 박사는 일본 최초의 와카(和歌)인 〈난파진가(難波津歌)〉를 짓기도 했다. 필자는 그 사실을 지금부터 30년 전에 18세기 일본 시문학자 에무라 홋카이(江村北海, 1713~1788)의 목판본(《日本詩史》)을 발굴하여 확인했다.

언제부터인가 "일본 천황은 밥 먹고 나면 숭늉을 마신다"는 말이 항간에 번지기 시작했다. 조선왕조 말기의 영친왕비(英親王妃)였던 이방자(李方子, 나시모토 마사코, 1901~1989) 여사가 생존 당시 창덕궁 낙선재에서 "일본 왕실에서도 숭늉을 마신다"는 사실을 이야기했기 때문이다. 이 여사는 본래 일본 왕실에서 자란 왕족으로 영친왕에게 시집왔으며, 숭늉을 마신다는 사실은 그 당시의 히로히토(裕仁, 1926~1989 재위) 일왕을 지칭했다. 1985년 전두환 대통령이 한국 국가원수 최초로 일본을 공식 방문했던 당시, 히로히토 일왕은 "사실은 우리 조상도 한국인입니다"라고 만찬회 자리에서 발언했다고 일본의 저명 사학자(간다 슈이치, 神田秀一, 오비린대학 교수)가 밝힌 일이 있다. 물론 히로히토 일왕은 한국인의 핏줄, 구체적으로는 '구다라 왕족'의 핏줄을 타고 났다.

피는 속이지 못하는 법이다. 그러기에 지금의 아키히토(明仁, 1989년 즉위) 일왕도 "내 몸에는 한국인의 피가 흐른다"고 공언했나 보다. 그날(2001년 12월 23일) 아키히토 일왕은 도쿄의 왕실에서 68회 생일을 맞으면서 기자회견을 갖고 다음처럼 말했다. "나 자신으로 말하면, 간무(桓武) 천황의 생모가 백제 무령왕(武寧王, 501~523 재위)의 자손이라고 《속일본기》 역사책에 쓰여 있기 때문에 한국과의 혈연을 느끼고 있습니다."(「아사히신문」, 2001년 12월 23일)

일왕이 한국인의 후손이라는 것을 더욱 구체적이고도 적극적으로 입증할 만한 매우 중요한 행사가 2004년 8월 7일, 충남 공주에서 거행되었다. 일본 왕실의 왕자인 아사카노 마사히코(朝香誠彦)가 아키히토 일왕의 윤허를 받고, 그해 여름(2004년 8월 3일) 공주에 있는 백제 제25대 무령왕 왕릉(송산리 제7호 고분)에 찾아와 제사를 지냈다. 그는 일본 왕실에서 가지고 온 고대 일본 왕실의 향을 향로에다 피우며 제삿술과

제사용 과자 등 제물을 진설하고 무령왕의 영전에 깊이 머리 숙여 절을 올렸다. 아키히토 일왕의 당숙인 아사카노미야 왕자는 공주시장에게 일본 왕실에서 가지고 온 향과 향로를 기증했다. 그가 기증한 향은 1300년 된 침향목(沈香木)으로 만든 매우 귀중한 일본 왕실로 백제식 제사용이다.

'백제옷(百濟服)' 을 입었다(《扶桑略記》, 13세기)는 일본 제33대 스이코여왕(推古, 592~628 재위)의 발자취를 살펴보면, "스이코여왕은 한창 법흥사를 창건하던 등극 원년 1월에 만조백관에게 백제옷을 입히고, 백제에서 보내온 부처님 진신사리를 법흥사 찰주에 봉안하는 법요를 거행했다(《扶桑略記》)고 밝히고 있다.

동물자원 육종학자인 아자후대학 수의학과 다나베 유이치(田名部雄一) 교수가 필자에게 보내준 논문 〈개로부터 찾아내는 일본인의 수수께끼〉(犬から探る日本人の謎, 1985)에는 다음과 같은 내용이 눈길을 끈다. "한반도로부터 고대 일본으로 개가 건너왔다. 개는 사람이 데리고 왔다" 고 했다. 개는 저 혼자 한반도로부터 먼 바다 건너 왜섬 땅으로 갈 수 없다. 한반도에 사는 사람들이 건너올 때 개도 함께 데리고 왔다는 것. 그러나 고대 한국인들은 개만을 데리고 일본열도로 건너간 것은 아니다. 약 2000년 전에 일본으로 간 고대 한국인(야요이인)들은 '벼농사법' 도 전수했다. 한반도 벼농사의 도래에 관해 가도와키 데이지(門脇禎二) 교토부립대학 사학과 교수는 고고학 측면에서 다루고 있다. "우리 일본 사람들은 한국으로부터 벼농사가 건너온 뒤부터다" (《體系日本歷史》, 1967) 고 지적했다.

元年正月壬辰蘇我大臣馬子宿禰
依合戰願於飛鳥地建法
興寺立刹柱日嶋大臣并
百餘人皆着百濟服觀
者悉悅以佛舍利籠

▲ 7C 일본 왕실에서 만조백관이 백제옷을 입었다는 《부상략기》의 기사

김수자 회장은 백제인 왕인박사에 대한 남다른 존경심에서 왕인의 묘역은 물론이고 왕인의 사당으로 이름난 '다카이시 신사'며 사당으로 역시 널리 알려오는 '사이린지' 사찰 등등 오진천황의 유적지도 동시에 널리 답사하며 성실하게 작품화했다. 백제 아직기왕자가 말(馬)이 없던 일본 고대로 건너간 오진천황(곤지왕자)을 위해 암수 말 한 쌍을 거느리고 건너감으로써 오진천황은 말을 타게 되었고, 오진천황의 큰 사당인 오사카의 '곤다하치만궁' 사당 경내에는 그의 명마상이 유명하기도 하다.

고대 한국인들은 농기구와 함께 쇠로 만든 각종 생활도구며 대장간 시설까지 골고루 가지고 왜섬으로 건너갔다. 그 때문에 일본 고대역사 기록에 보면 대장간을 '가라카누치'(韓鍛冶)로 써왔고, 땅 파는 삽을 '가라사비'(韓鋤), 타작마당의 도리깨를 '가라자오'(韓竿)라고 불러왔다. 가라사비의 '사비'는 한국어의 '삽'이라고 가나자와 쇼사부로(金澤庄三郎, 1872~1967) 국학원대학 국어과 교수가 밝혔다(《廣辭林》, 1925). 그러기에 일본 고대의 각종 농기구에는 '삼한(三韓)에서 새롭게 건너왔다'는 의미의 메이드 인 코리아, 즉 '한(韓)'자가 잇따라 달라붙었다.

5세기 말경의 오진(應神)왕은 왕자들에게 글을 가르치기 위해 백제의 젊은 학자 왕인(王仁) 박사를 왜 왕실로 초청했다. 왕인박사는 우지노와키 이라쓰코(兎道稚郎子) 등 왕자들을 가르치는 구다라스 터전의 왕실 교육장관(西文首, 가와치노후미노비토)이 됐다.

그 무렵 백제왕족 오진왕의 왕실은 현재의 오사카부인 구

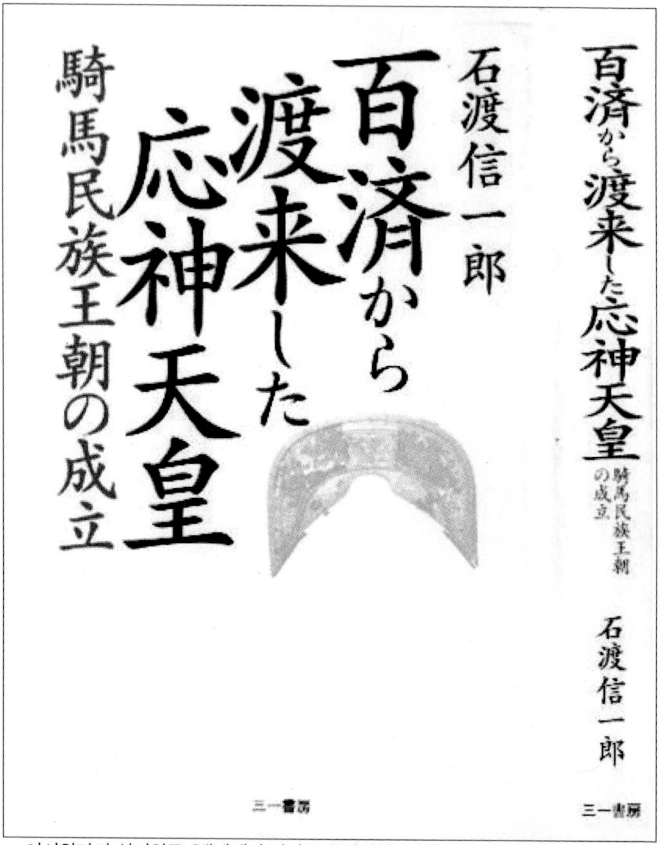

▲ 이시와타리 신이치로 《백제에서 건너온 오진천황》(기마민족왕조의 성립).

다라스 땅에 있었다. 필자는 지금의 오사카부 큰 지역은 본래부터 백제인들의 구다라스였다고 하는 11세기 말(承德二年, 1098)의 '난파팔랑화도(難波八浪華圖)'를 일본에서 발굴함으로써 오사카지역이 고대에는 '백제국'으로 불렸다는 것을 알게 됐다.

우선 오진왕이 백제 왕족이라는 것에 관한 저명 사학자들의 연구를 밝힌다. 이노우에 미쓰사다(井上光貞, 1917~1983) 도쿄대 사학과 교수는 백제 사신으로부터 칠지도(七支刀)를 전해 받은 왜왕 오진이 백제 왕족이며, "천황씨(天皇氏, 천황 가문) 자체가 조선으로부터 건너온 이주자였던 것"(《일본국가의 기원》, 1960)이라고 밝혔다.

미즈노 유(水野祐, 1918~2000) 와세다대학 사학과 교수의 "오진천황과 그의 아들 닌토쿠(仁德)천황은 백제국 왕가로부터 건너와 정복 왕조를 이루었다"(《일본 고대국가의 형성》, 1978)라는 연구도 유명하다. 닌토쿠왕은 오진의 제4왕자이다.

근년에는 일본 고대 사학자인 이시와타리 신이치로(石渡信一郎, 1926~) 씨의 저서 《백제에서 건너온 오진천황》(百濟

▲ '오진왕'의 신상 구다라스의 '오진왕' 신상인 '팔만보살상'. 머리에는 옛날 조선 시대 방한모인 가죽을 댄 '남바위'를 쓰고 있어 고대 백제의 발자취가 엿보인다(왼쪽), '종요 천자문' 왕희지 붓글씨의 '종요 천자문'

から渡來した應神天皇, 2001)이 일본 사학계에서 크게 주목받고 있다. 이시와타리 씨는 책에서 오사카부 하비키노(羽曳野)시에 있는 오진왕의 왕릉에 대해 "오진릉의 피장자는 5세기 후반에 건너온 백제의 곤지(昆支)왕자이다. 그는 5세기 말에 백제계 왕조를 수립했다"고 단정했다. 곤지왕자는 개로왕의 제2왕자이다(《삼국사기》).

오진왕 당시 왕인은 백제로부터 천자문 등을 가지고 왜나라 땅 구다라스로 건너갔다. 5세기 말경이던 그때에 우리나라에는 문자가 한자 외에 다른 글자는 없었다. 조선 세종대왕 때 '훈민정음'이 나오기 전까지, 우리는 삼국시대부터 한자어로 소리(音)와 새김(訓)을 맞추는 이두라는 표기를 했다. 더구나 미개한 나라였던 왜국에 글자가 있을 리 없었다. 그 때문에 왕인은 사언고시(四言古詩) 1000글자로 엮은 한자 학습서인 천자문을 가지고 왜의 백제인 왕실로 건너갔다.

그러나 일부 일본 학자들은 "왕인이 일본에 올 때 천자문을 가지고 오지 않았다"고 주장한다. 에도시대(1607~1867)의 국학자며 정치가였던 아라이 하쿠세키(新井白石, 1657~1725)는 다음과 같이 지적했다.

"왕인이 일본에 건너온 것은 5세기였다. 천자문은 6세기 때 양(梁)나라 주흥사(周興嗣, 502~549)가 쓴 책이다. 그런데 5세기 때 일본에 온 왕인이 6세기에 나온 천자문을 가져왔다니 어처구니없는 말이다."(《同文通考》).

그러나 최초의 천자문은 서기 2세기로 거슬러 올라간다. 위(魏)나라 종요(鐘繇, 151~230)가 중국에서 가장 먼저 사언고시 천자문을 저술했다. 더구나 4세기 당시의 왕희지(王羲之,

▲ 사이타마현 '고려신사' 경내의 단군석상

322~379) 붓글씨의 '종요 천자문' 도 알려지고 있다. 그러므로 5세기에 일본으로 건너간 왕인이 종요 천자문 필사본을 가지고 간 것만은 틀림없다.

종요 천자문의 첫 사언고시는 '二儀日月 雲露嚴霜(이의일월 운로엄상)' 으로 시작된다. 즉 "하늘과 땅은 해와 달이요, 구름과 이슬과 된서리로다" 라는 뜻이다.

이와 같은 견지에서도 우리는 일본의 역사왜곡의 작태도 올바르게 꿰뚫어 밝혀야 하며, 일본 속에 심어진 고대 한민족의 온갖 선진문화의 발자취를 낱낱이 김수자 시인처럼 작품화하는 눈부신 작업이 계속 한국문단에 확장될 것을 이번 시집《구다라의 향기》와 더불어 아울러 널리 요망드리련다.

김수자 제2시집

구다라의 향기

•

지은이 / 김수자
발행인 / 김재엽
발행처 / 한누리미디어
디자인 / 지선숙

•

121-840, 서울시 마포구 잔다리로 35, 2층(서교동, 서운빌딩)
전화 / (02)379-4514, 379-4519
Fax / (02)379-4516
E-mail/hannury2003@hanmail.net

•

신고번호 / 제300-2006-61호
등록일 / 1993. 11. 4

•

초판발행일 / 2015년 10월 30일

•

•

값 12,000원

•

※잘못된 책은 바꿔드립니다.
※저자와의 협약으로 인지는 생략합니다.

•

ISBN 978-89-7969-696-7 03810